沿線文学の聖地巡礼

川端康成から涼宮ハルヒまで

土居　豊
Yutaka Doi

関西学院大学出版会

まえがき

関西は、私鉄王国だといわれている。本書は、大阪の鉄道沿線ゆかりの文学を、比較文学的に読み解き、昨今流行の「聖地巡礼」と合わせて考察する試みである。

まず、思い出話から始めよう。

筆者は、小学生の頃、電車が大好きな、いわゆる「鉄っちゃん」少年だった。もっとも、その後、幸か不幸か趣味が変わり、本物の鉄っちゃんにはならなかった。

休みの日には、電車好きの友達とつるんで、鉄道写真を撮りにでかけた。父親のカメラを借りて、当時はまだ国鉄だったJR京都線の線路近くまで行って、電車のピンぼけ写真をせっせと撮っていた。

その頃の国鉄の線路は、踏切以外の場所でも、簡単に線路内に立ち入ることができた。いまだからいうが、線路の上に、一円玉や十円玉を置いて、電車が通るのを待ち、硬貨をぺっちゃんこにしたりもした。

鉄道写真そのものは、主に踏切のところで待ち構えて、通過直前の電車の姿を撮っていたのだが、素人写真、それも子どもの撮る写真は、いつもたいてい、ピンぼけだった。

それに、当時は国鉄だったJR京都線の昼間に通る電車は、国電と呼ばれた青い普通電車か、快速電車で、たまに新快速が通るぐらいだった。子ども心に、特急が通るのを狙っていたのだが、めったに撮ることはできなかった。だから、ほんの数枚、当時のボンネット特急「雷鳥」を写したことがあるぐらいだった。けれど、例によってピンぼけ気味の、「雷鳥」の特徴あるボンネットの正面を写真に撮ったときは、非常に昂揚した気分だったのを、いまでもよく覚えている。

けれども、さすがに、無意味なピンぼけ写真に現像代がかさむのを憂えた両親は、小学生だった筆者からついにカメラを取り上げげた。その代わりに、好きな鉄道写真集を買っていい、と宣言した。今思っても、これは賢いバーター提案だったといえよう。

休日に両親と大きな書店に行き、初めて鉄道写真集をいろいろ物色して、全国の国鉄の特急写真が載っている一冊を選んだ。その写真集をみると、国鉄には、あのボンネットの「雷鳥」だけでなく、いろんな色や形をした、様々な名前の特急があるのだ、ということがわかった。

その写真集に飽きると、両親はまた別の鉄道写真集を買ってくれた。そうして、筆者は、現実の鉄道写真を撮る代りに、写真集を眺めては、全国の鉄道の姿に思いを馳せるようになった。

その甲斐あってか、筆者は本好きになり、その後、作家になった、というわけだ。あのままずっと、へたな鉄道写真を撮り続けてたら、いまごろ鉄道写真家になってたかもしれない。あるいは、その方が幸せだったかもしれないが。

さて、思い出話はこのぐらいにしておこう。

本書のテーマである「沿線文学」というジャンルは、鉄道文学の一種だ。

鉄道文学というのは、近代小説のジャンルの一つだといえる。トルストイの『アンナ・カレーニナ』が、それらの代表例といえよう。また、アガサ・クリスティの鉄道トリックものを代表例として、ミステリー小説には鉄道文学が多い。そういった鉄道文学は基本的に「旅情」をモチーフにしている。

一方、「沿線文学」は、「生活」「土地」をモチーフにしているといえる。「沿線」という言葉は、そのまま、土地と生活に直結するイメージだからだ。

特に、関西の場合は、明治以降、多くの私鉄とJR線が混在し、それぞれの沿線ごとの地域文化に特徴がある。明治以後、関西の近代化には、大阪を中心とした鉄道網、特に私鉄各路線網の発達が大きな役割を果たした。私鉄の各沿線には、独自の市民文化が醸成され、それを反映した文芸も生まれ育った。

本書では、沿線ゆかりの作家たちを比較文学的に読みながら、文学と土地の関わりを考えたい。

「沿線文学を読む――この路線に、このストーリー」というコンセプトで、文芸作品や大衆小説作品、ライトノベルなどの舞台となった鉄道沿線をフィールドワークし、作品を読解する。また、世界的に話題のサブカル作品「聖地巡礼」現象についても、あわせて考察したい。人気ライトノベル『涼宮ハルヒ』シリーズなどでブームとなった、サブカル作品の「聖地巡礼」というのは、古来愛好されてきた「文学散歩」や、フィールドワークの発展形だと考えている。本書は、昨今の「聖地巡礼」現象を、いくつかの小説とその作者から読み解く試みでもある。

ちなみに、本書の元となったのは、大阪府羽曳野市で行った講座『沿線文学を読む――この路線に、このストーリー』と、同講座による文学散歩「阪堺電車沿線を歩く」である。巻末にその講座の資料を掲載しておく。筆者は、これらの講座を担当したが、幸い、参加者から好評をいただくことができた。そこで、本書では、講座で語った内容を元に、わかりやすく解説することを心がけたい。

つまり、本書は、沿線文化についての社会学的研究ではなく、また、文学の専門的論文でもない。また、観光学の専門書でもない。あくまでも、文学研究の切り口としての「沿線文学」を、一般の読者にわかりやすく解説したものである、と考えていただきたい。本書がきっかけとなって、「沿線文学」の楽しみ方や、「聖地巡礼」への興味を抱いていただけるようであれば、著者として大変嬉しく思う。実際の、「沿線文学散歩」や「聖地巡礼」のモデルコースも、本書の中で提示していくので、ぜひ、気に入った小説やサブカル作品をお供に、文学散歩にチャレンジしてみてほしい。

さて、「沿線文学」は、鉄道路線の沿線の土地であれば、もちろん、どこでも成り立つ可能性がある。近畿でいえば、本書に取り上げた沿線以外にも、いくつもモデルコースが考えられる。

例えば、本書で扱った近鉄電車の沿線文学として、東野圭吾作品の舞台以外に、司馬遼太郎作品をたどるコースも可能だ。また、本書で取り上げていない南海電車沿線でも、例えば、『ビートキッズ』（風野潮）の舞台をコースにできる。京阪沿線であれば、江戸川乱歩の作品舞台があるし、阪神電車沿線なら車谷長吉の文学散歩も可能だ。阪急電車沿線には、映画化原作で有名な有川浩ゆかりの場所もあるし、平中悠一の作品舞台もある。

あるいは、鉄道沿線だけでなく、大阪を舞台としたミステリー小説に焦点をあてて、ＪＲ線、バス路線、空港などにちなんだ作品を読むのも、楽しい試みである。ちなみに、船旅小説や、飛行機旅行小説も、「沿線文学」と同じ趣向で読むことができる。こうなると、沿線文学というよりは、旅行文学という方がふさわしくなる。

このように、沿線文学というのは、その沿線独特の文化圏から、どんな文学作品が生まれたか、というところがポイントである。それぞれの土地や風景が生んだ作品の味わいを、実際にその場所へいって体感することで、小説を読む楽しみを深化させることができるのである。

それでは、これから、本書を片手に、文学を楽しむ旅に出発してみよう。

目次

プロローグ　鉄道文学と沿線文学

鉄道文学は、多くの読者を持っているジャンルである。アガサ・クリスティの『オリエント急行殺人事件』などのように、列車が走る土地のエキゾティズムが、読者を惹き付けてやまないのだ。

鉄道文学の中でも特に、「沿線文学」は、その沿線の風景や文化と分ち難く結びついている。沿線文学は、その鉄道路線と、駅名、地域のもつ磁力が、作品と一体化しているものであるといえる。

鉄道文学は、当然のことながら、産業革命以後、鉄道網が普及していく中で生まれてきた。従って、日本文学に鉄道が登場するのは、明治以後、しばらくしてからとなる。

日本最初期の沿線文学、と考えられるものに、夏目漱石の『坊っちゃん』がある。漱石は、英国留学の際、鉄道王国イギリスの鉄道の恩恵を享受している。だから、日本帰国後、鉄道を小説に盛り込もうと思ったとしても、それは当然だといえよう。

漱石以前にも、東京や関西の鉄道は、小説に描かれていたが、漱石の『坊っちゃん』で、初めて地方鉄道が小説の重要なモチーフになったといえるだろう。『坊っちゃん』に出てくる松山の地方鉄道は、物語の小道具としても、東京と地方の格差を具象化したものとしても、印象的に描かれているからだ。

小説の最後で、主人公の坊っちゃんが鉄道技師になったことをみても、この小説のモチーフとして、鉄道沿線が大きな意味をもつことがわかる。

> 停車場はすぐ知れた。切符も訳なく買った。乗り込んでみるとマッチ箱の様な汽車だ。ごろごろと五分ばかり動いたと思ったら、もう降りなければならない。道理で切符が安いと思った。たった三銭である。
>
> （夏目漱石『坊っちゃん』より）

> やがて、ピューと汽笛が鳴って、車がつく。待ち合わせた連中はぞろぞろ吾れ勝に乗り込む。赤シャツはいの一号に上等へ飛び込んだ。上等へ乗ったって威張れるどころではない。住田まで上等が五銭で下等が三銭だから、僅か二銭違いで上下の区別がつく。こう云うおれでさえ上等を奮発して白切符を握ってるんでもわかる。尤も田舎者はけちだから、たった二

銭の出入でも頗る苦になると見えて、大抵は下等へ乗る。（夏目漱石『坊っちゃん』より）

また、同じく漱石の『三四郎』は、主人公が九州から上京してくる汽車の旅が、冒頭から延々と描かれるところからも、鉄道文学の代表例といえる。汽車で社会の様々な階層が乗客として乗り合わせ、会話を交わすのだが、小説の中において、自然に社会批判、文明批判を展開できる舞台装置となっているのだ。

女とは京都からの相乗である。乗った時から三四郎の眼に着いた。第一色が黒い。三四郎は九州から山陽線に移って、だんだん京大阪へ近づいてくるうちに、女の色が次第に白くなるのでいつの間にか故郷を遠のくような憐れを感じていた。（夏目漱石『三四郎』より）

汽車が豊橋へ着いた時、寝ていた男がむっくり起きて眼を擦りながら下りて行った。よくあんなに都合よく眼を覚ます事が出来るものだと思った。（夏目漱石『三四郎』より）

浜松で二人とも申し合せたように弁当を食った。食ってしまっても汽車は容易に出ない。窓から見ると、西洋人が四五人列車の前を往ったり来たりしている。そのうちの一組は夫婦と見えて、暑いのに手を組み合せている。女は上下とも真白な着物で、大変美しい。

（夏目漱石『三四郎』より）

また『三四郎』では、東京の都電沿線が小説の進行に大きく貢献している。トルストイの『アンナ・カレーニナ』を思わせる轢死事件も描かれており、都電沿線小説としても読むことが可能なのだ。

同じく漱石の『それから』も、沿線文学の代表的なもので、東京の都電沿線が、作品の底流にモチーフとして存在している。

電車が二人の前で留まった。平岡は一二三歩早足に行きかけたが、代助から注意されてやめた。彼の乗るべき車はまだ着かなかったのである。

（夏目漱石『それから』より）

兄の宅まで電車で行った。青山御所の少し手前まで来ると、電車の左側を父と兄が綱曳で急がして通った。挨拶をする暇もないうちに擦れ違ったから、向うは元より気が付かずに過ぎ去った。代助は次の停留所で下りた。

（夏目漱石『それから』より）

その他、日本の鉄道文学として、志賀直哉の『暗夜行路』もあげられよう。主人公、謙作が心を癒すため旅立つ終盤はもとより、京都の七条駅の風景や、電車でめぐる京都観光の場面は、物語の中で見事な効果を上げている。

皆がプラットフォームに出ている所に下りの汽車がついた。三等客車の、一つからお才と他の二人の若い女が顔を出していた。そして、眼瞼のたるんだ女は五十余りの女に手を惹かれながらその方へ急いでいた。

（志賀直哉『暗夜行路』より）

出町の終点で四人は暫く疲れた体を休めた。間もなく一番の電車が来て、それに乗り、謙作だけは丸太町で皆と別れ、北野行に乗換え、そして秋らしい柔らかい陽ざしの中を漸く衣笠村の家に帰って来た。

（志賀直哉『暗夜行路』より）

このように、日本の近代小説には、鉄道文学の作品が多い。その中で、沿線文学、特に近畿の沿線文学を、本書では、昭和以降の作品に絞って、選んでみた。

サブタイトルの「川端康成から涼宮ハルヒまで」というのは、いささか扇情的なネーミングだ。けれど、実際のところ、川端康成や三島由紀夫が小説の中に描いた近畿の風景には、東京の場合とは違った、近畿独特の鉄道文化が息づいているのだ。そこから始まって、主に戦後小説の中の沿線風景をいくつかピックアップし、最後は、世界中にファンの多いライトノベルの名作『涼宮ハルヒ』シリーズに描かれた沿線風景にたどりつきたい、と考えている。

近畿の主要都市、俗に三都と呼ばれる京都、大阪、神戸は、明治初期から、国営鉄道が順次開通し、東京近辺と同時並行して鉄道沿線が形成されてきた。東京の場合よりも特徴的なのは、早くから、私鉄が発達し、都市の成り立ち自体が、私鉄沿線と密接に関係してきた点である。近畿の代表的な沿線文化圏として、阪急沿線、阪神沿線、近鉄沿線、南海沿線、京阪沿線、の五つがあげられる。その中から、今回は、阪急沿線と、阪神沿線、近鉄沿線を選んで、文学との関わりを考察したい。

そのほか、大阪の都市文化を形成する骨格ともいえる、旧国鉄、現ＪＲの大阪環状線と大阪市営地下鉄にちなんだ作品も取り上げる。また、番外編として、大阪で唯一残った路面電車である阪堺電車の沿線にまつわる文学を、大阪の近代文化の名残を考える題材として扱いたい。

第1章　阪急京都線　宮本輝『青が散る』

1　『青が散る』の舞台、阪急京都線沿線

まずは、阪急電鉄京都線の沿線文学として、宮本輝の『青が散る』を取り上げる。

阪急梅田駅のコンコースは、阪急電車を象徴する場所だった。この豪華なコンコースは、今は見る影もなく破壊されてしまって、残念な限りだ。（写真1）なぜ破壊されたかというと、阪急百貨店を建て替える際、昔からある百貨店の建物を取り壊したのだ。そのあと、最新の高層ビルになって百貨店は生まれ変わった。

阪急百貨店のかつてのコンコースは、もはやいまとなっては再現し難いような、豪華な空間だった。筆者は個人的に、取り壊すのはもったいないと感じた。コンコースが工事で立ち入り禁

宮本輝と『青が散る』について

宮本輝の小説『青が散る』は、1982年文藝春秋社から刊行、1985年に文庫化された。
宮本輝は、関西在住の現役作家の中で、いまや大御所といえる存在だ。宮本輝と関西の関わりは深い。宮本輝は、神戸の屋敷町に生まれて、幼少期を裕福に育った。子どもの頃は、親に連れられて、大阪の映画館で洋画を観ていた。父親と行くときは邦画が多かったが、母親はよく洋画を観に連れていってくれたという。その後、愛媛、大阪、富山と幼少期を転々と過ごした。尼崎の小学校を出て、関西大倉の中学高校を経て、追手門学院大学の1期生となった。
小説『青が散る』『春の夢』『錦繡』『花の降る午後』など、関西を描いた作品は多い。
阪神淡路大震災で、宮本輝の伊丹市の自宅は被害を受けた。その体験から、震災に対する政府や自治体の対応を機会あるごとに批判しつづけている。小説『森のなかの海』は、震災の被害にあった人々のその後を描く物語である。

止になる前日には、筆者と同じように、このコンコースを惜しんで写真を撮りにきた人が大勢いた。（写真2）

コンコースの壁面にある壁画もずいぶん面白いもので、これは、新しい百貨店のどこかに復活させたそうだ。また、シャンデリアも復活したらしい。けれど、壮麗なアーチや教会風の柱などは、さすがに、もう二度と復活できないだろう。大変、残念に思う。

本章は、このような豪華な空間や独特の沿線文化を生んだ阪急電車をとりあげて、沿線文学としての宮本輝『青が散る』を読み解く試みである。

さて、有川浩原作の映画『阪急電車』を観た人は、「阪急電車って、ああいう感じのローカル線なのか」と思ったかもしれない。だが、あ

写真１　阪急梅田駅コンコース

写真２　阪急梅田駅コンコースの壁画とシャンデリア

の映画に描かれた路線は、阪急電車の今津線と神戸線の沿線風景だ。同じ阪急電車の沿線でも、京都線の場合は、かなり事情が異なる。

2　作家・宮本輝のこと

宮本輝『青が散る』は、言わずと知れた青春小説の名作だ。その中に、阪急沿線の場面が出てくるのを、読んだ方なら覚えているだろう。

作家・宮本輝は、珈琲のコマーシャルで、一躍、顔と名前がお茶の間に知れ渡ったのではないかと思う。だから、本は読んでないけど顔と名前は知っている、というような作家の代表格かもしれない。おそらく、宮本輝の読者でなくても、その顔と名前は知られているはずだ。

宮本輝の小説は、非常に読みやすい作品が多いので、どれを読んでもはずれはない。ただ、最近の宮本輝の作品は、文学の世界の話題にあまりのぼらなくなった、という印象がある。少なくとも、筆者からみて、宮本輝のリアルタイムでのヒット作というのは、『優駿』ぐらいが最後ではないだろうかと思う。その後、宮本輝の小説が、身の回りで、リアルタイムに読まれていた印象は、残念ながらあまりない。

ただ、『流転の海』シリーズは、自伝的な小説で、宮本輝自身の父親の一代記のような小説だ。これは現在もずっと連載が続いていて、筆者も、新刊が出るとすぐに読んでいる。作者の父親を主人公にして戦後日本を振り返る、という趣向の大河作品で、二一世紀の今にして改めて読むと、非常に興味深いのだ。筆者にとっては、「流転の海」シリーズの完結まで待ち遠しく読み続けている、というのが、宮本輝作品の楽しみなのだ。

その他、宮本輝の近作では、『骸骨ビルの庭』が実に面白かった。この妙なタイトルの小説は、大阪の十三のビルに戦後住み着いた孤児たちの物語で、戦後生き残った人々のその後の運命を描いている。小説の主舞台が十三なので、これもまた阪急電車の沿線文学といえるし、大阪の人には特に面白く読めるのではないか、と思う。

映画化された主な宮本輝作品

『泥の河』	小栗康平監督
『螢川』	須川栄三監督
『道頓堀川』	深作欣二監督
『優駿　ORACION』	杉田成道監督
『花の降る午後』	大森一樹監督
『流転の海』	斎藤武市監督
『幻の光』	是枝裕和監督
など	

3　青春小説の典型『青が散る』

さて、今回取り上げる作品『青が散る』だが、これは、まさに青春小説の典型だ。青春小説には、様々あるが、これは、典型的なスタイルだといえる。青春、という言葉の枕には、ほろ苦い、や、甘酸っぱい、など、味覚に例えた表現が多い。まさに、この作品に描かれた青春は、ほろ苦くて、ちょっと甘酸っぱい、というのがぴったりくる。青春小説のパターンとして、普遍的な物語だといえる。おそらく、宮本輝の小説の中では確実に、青春小説の古典として残っていくと思う。

『青が散る』について

一九六九年、主人公の燎平は、追手門学院大学の学生で、ひたすらテニスに打ち込んでいた。翌年の春、燎平は追手門学院をどうにか卒業し、広告マンとなった。実は作者の宮本輝自身も、六九年から七〇年にかけて、死んだ父の残した借金に追われながら、追手門学院を卒業しようと苦闘していたのだ。戦後日本のターニング・ポイントとなった七〇年安保闘争の時代。いわゆる団塊の世代、全共闘の世代である。しかし、作者も、主人公も、新設大学の一期生として大阪の私学でテニスに明け暮れていた。作者は、高校の時はもちろんのこと、大学時代にも学生運動には全く関係していない。作者のそういう青春を反映して、宮本作品の主人公たちは学生運動に背を向けて、アルバイトに精を出し、テニスに打ち込む。そのうちに主人公も、作者自身も、革命どころではなくなってしまう。父の会社が倒産し、一家を背負って働かなくてはならなくなったからだ。現実の労働の中で、革命の夢などみている余裕はない。その作者の姿は、『春の夢』でも、かたちを変えて描かれている。

『青が散る』は、このような青春群像劇である。

ところで、いまから思うといささか驚きだが、松田聖子がテレビドラマ版『青が散る』の主題歌を歌っていた。筆者は残念ながら、このドラマ版をリアルタイムで見ていない。ビデオも出ていないので、ネット上の映像で探すしかない。キャストは、当時の、八〇年代前半の旬のキャストが出ている。ちなみに、挿入歌は、ＡＫＢ48のプロデューサーとしていまをときめく秋元康の作詞で、作曲は長渕剛だった。

摩天楼の陽炎にひたって
人間の駱駝が生きていく
汗も脂も使うべき時を失い
瘤は栖を離れて心にもぐり込んだ
原色の雑踏にまみれて
駱駝はあてどなく地下に還る
生きていたいだけの人間の駱駝

（宮本輝『青が散る』より）

ドラマ版『青が散る』について（TBSのHPより引用）

『青が散る』は、TBSでテレビドラマ化され、1983年10月21日から1984年1月27日まで全13回放送された。

【出演】
石黒賢、二谷友里恵、佐藤浩市、川上麻衣子、利重剛、清水善三、浜尾朱美、広田玲央名、辻靖美、大塚ガリバー、村田雄浩、遠藤憲一、諸岡義則、井川比佐志、吉行和子、柳川慶子、早崎文司、あき竹城、斉藤洋介、ほか

【みどころ】
宮本輝による同名の小説を原作とした「青が散る」。大学1年生の椎名燎平を中心に、女子大生・佐野夏子と星野祐子との「二つの恋」、そして燎平とその親友・金子慎一のテニスへの情熱を、彼らの大学四年間を通して描く。

主演は、当時新人だった石黒賢と二谷友里恵。ほかにも、佐藤浩市、川上麻衣子、利重剛、広田玲央名（現・広田レオナ）、村田雄浩、遠藤憲一など現在ドラマや映画で活躍中の俳優陣が多数出演。今となっては、なかなか見られない豪華キャストのお宝的作品である。なお原作では関西が舞台だが、ドラマでは東京に設定が変わっている。

ドラマで流れた挿入歌の歌詞は、宮本輝の原作のものを、秋元康がうまく改作したものだ。

ドラマの第一話の冒頭は、小説とほぼ同じような場面だが、主役の燎平を演じる石黒賢が、電車に飛び乗っている。この電車が、原作通りの阪急電車ではないのが残念だ。つまり、ドラマ版は、関西ロケではないのだ。

小説の方は、宮本輝の自伝的な小説で、主人公たちが通う大学のモデルは、作者の出身である追手門学院大学だ。けれど、ドラマでは、東京の郊外の大学という設定になっている。ドラマ版を観ると、やはり時代の差を感じる。セリフがいかにもお芝居っぽく

て、進行がのんびりしている。

物語は、主人公の男の子が高嶺の花のヒロインをずっと追いかけて、最後はほろ苦い結末になる、という、青春小説の典型だ。ドラマ版のセリフは、ほぼ小説のままで、関西弁を標準語に直しただけ、という印象だった。小説で読むと自然に思える説明的なセリフも、ドラマでセリフとして聞くと非常に違和感があった。小説とドラマのセリフの、根本的な成り立ちの相違を感じさせられる。

4　沿線文学としての『青が散る』

さて、『青が散る』のドラマ版で、設定が関東の話になっているのは、実は致命的な欠陥だ。関西の物語を関東に置き換えると、なかなかうまく成り立たない、ということだ。この問題を、「沿線文学」という視点から考えてみよう。

よく知られているが、追手門学院大学の卒業生として、宮本輝は大きな扱いを受けていて、大学に「宮本輝ミュージアム」まである。つまり、追手門学院が生んだ作家、ということなのだ。

学内にテニスコートが出来たのは三回生になった頃であったから、私たちは丸二年間、学外

宮本輝と追手門学院大学について
（追手門学院大学附属図書館・宮本輝ミュージアムＨＰより引用）

追手門学院創立一二〇周年記念事業の一環として、追手門学院大学附属図書館が二〇〇五年五月にリニューアルオープン。エントランスホール内に、本学が誇る卒業生、宮本輝氏の著作や原稿等を集めた『宮本輝ミュージアム』を開設しました。

このミュージアムは、宮本輝氏の著作等を通して、図書館を利用される学生及び市民の方々に感動と共感の場を提供することを目的としています。さらに、大学のシンボルとして広く一般の皆様に公開しています。 ぜひお越しください。

の他人のコートを借りて練習した。ラケットをかついでのジプシー生活だったというわけである。厳しい練習にではなく、それ以前の厳しい状況に愛想をつかして、一人去り二人去りしていったのは、なにもテニス部にかぎったことではなかった。だからテニス部の草創のメンバーのうち、それでも八人もが四年間を頑張り抜けたのは、きっと「第一期生」であったからかも知れない。（宮本輝『二十歳の火影』より）

このように、宮本輝は同大学の一期生で、ご本人も大学を悪くは思っていないだろう。けれど、大学が生んだ作家、というのは、ちょっと言い過ぎかもしれない。

さて、まずは作品の背景からみていこう。沿線とその時代の特徴というものが、特に関西では顕著にあり、私鉄沿線は独自の文化圏を築いてきた。中でも、阪急沿線というのは、基本的には、こぢんまりとした小綺麗な風景に特徴があるといえる。筆者は、ずっと阪急京都線沿線で育ったので、その特徴を当たり前だと感じるのだが、他の私鉄沿線については、また違った印象をもっている。

例えば、初めて近鉄に乗った時は、子どもごころに違和感を覚えた。なによりびっくりしたのは、大阪市内を走る近鉄の線路の高架が立派だったことだ。当時、阪急には高架が少なく、地べたを走っていた。そういう沿線風景の違いを、子どもながらよく覚えている。

『青が散る』は、追手門学院大学らしき大学が作品の主な舞台だが、この大学のキャンパスは、大阪の茨木市の山手にある、という設定だ。茨木市というのは、筆者の生まれ故郷だが、今も昔も、田んぼが多く、田舎の風景が特徴といえる。その山手にキャンパスを設置した追手門学院大学は、大学キャンパスの郊外化のはしりではないか、と思う。学生は、キャンパスまでどうやって通うかというと、駅からスクールバスが出ていて、阪急とＪＲのどちらからでも行ける。

阪急京都線とＪＲ京都線がほぼ平行して走っているこの地域は、昔の西国街道沿いで、国道一七一号線と電車の路線が並んでいる、古来からの交通の要衝だ。

5　『青が散る』の時代背景

ところで、話を小説の時代背景に移すと、この作品はまさに全共闘まっただ中の時代を描いている。主人公が、一九六九年に大学三回生であった頃の物語で、入学年次は六七年、ちょうど

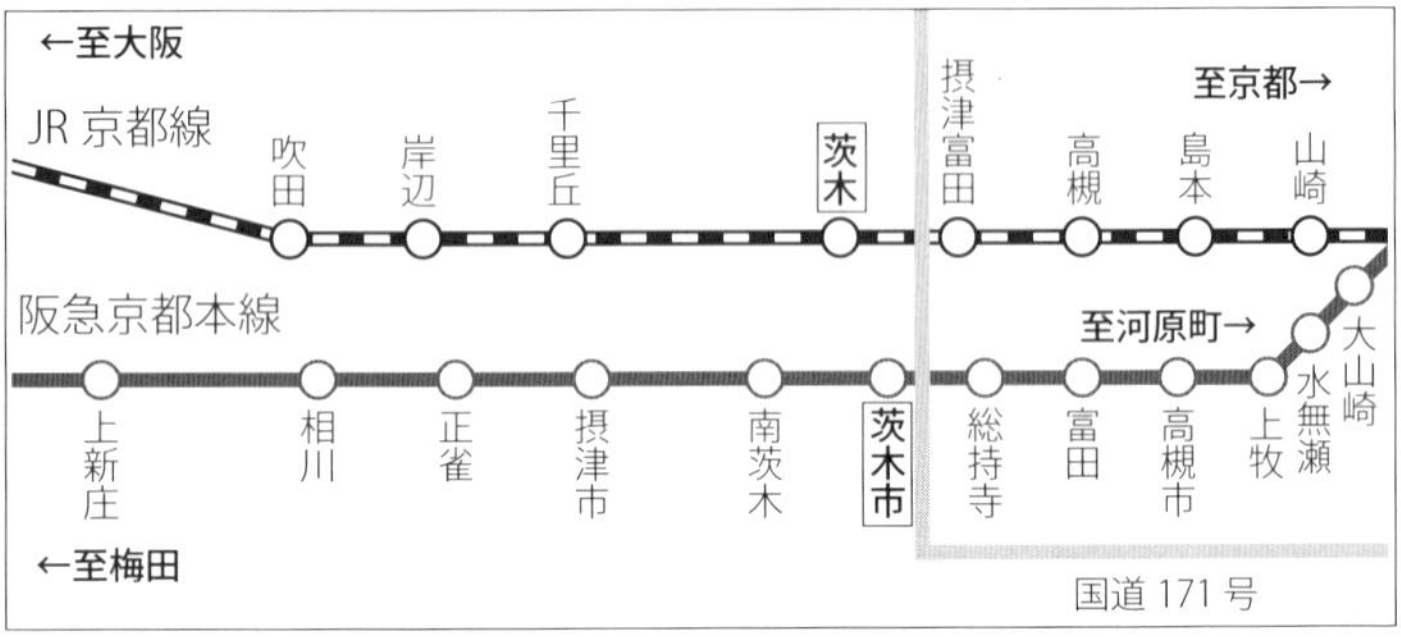

路線図 1　京都線路線図

六〇年代末が作品の時代背景なのだ。つまり、学生運動、全共闘の時代だ。

これは、小説でも多くの作品に描かれた時代で、もっともよく知られているのは、村上春樹の『ノルウェイの森』だろう。宮本輝の『青が散る』と、村上春樹の『ノルウェイの森』は、全く同じころの大学を描いているのだ。この『青が散る』には、作者自身の体験が、少し形を変えて描かれている。特に印象的なエピソードは、自身の父親との関係だ。

実際には、作者の宮本輝は大学三年のときに父を亡くし、その借金を背負うことになったという。一方、作品の中では、主人公が大学在学中に、その父親の事業が傾き、作者と同じく家計の事情に苦心させられている。そんなわけで、作者自身も、小説の主人公も、ともに、スムーズに大学を卒業できたのではなく、苦心惨憺してようやく卒業するということになっている。

宮本輝の大学時代の体験を、もっとストレートに反映した小説に、『春の夢』があり、これは『青が散る』の姉妹編だといえる。小説の時代背景は、全共闘なのだが、『青が散る』では、大学生活を描いていながら、そういう時代をあまり感じさせない。『ノルウェイの森』のように、全共闘時代の中の大学生活、という感じはないのだ。同じ時代の大学生活を描いた小説でありながら、『青が散る』と『ノルウェイの森』は、全く違う。

春が訪れたような陽気だった。阪神電車の香櫨園駅に降りると、先に来ていた金子が改札口のところで手を振った。海が近くにあり、絶えず浜風が吹いているところだったが、珍しく風もなく、小さなつぼみをつけた川ぞいの桜並木には、コートを脱いだ若い男女が数組枯草の上に腰を降ろして、うららかな陽光を浴びていた。ふたりは住宅街を、海の方に向かって十五分程歩いた。クラブハウスの屋根が見え、ボールを打つ音が聞こえてきた。香櫨園ローンテニスクラブは、阪神間では最も大きなテニスクラブで、コート数も二十数面あって、夏にはインカレの舞台にもなる名門クラブだった。

（宮本輝『青が散る』より）

無数の二十歳前の学生たちが、かしましくうどんやそばをすすったり、軽口をたたき合ったりしている。半分は、希望する大学の入試に失敗した者たちで、あとの大半は、初めから受験勉強という苦行を放擲し、四年間の余暇を満喫しようという下心で入学して来た若者なのであった。
燎平も、何をしようというあてもなかった。何の目的もなかった。四年間で、これだけは学んでおこうというものもなく、また、自分をこの新設大学に誘った佐野夏子という、手に負えない奔放な生き物の心を捕える自信もなかった。心にあるのは、愚痴だけであった。行きたかった京都の大学に合格していたら、もっと金持ちの息子だったら、もっと男らしい肉体と風貌を持っていたら、他の何物も踏みしだいて、一直線に驀進できる目標さえあれば。

（宮本輝『青が散る』より）

もちろん、『青が散る』にも、時代背景的には学生運動が出てくる。しかし、主人公たちは、それに関係なく、アルバイトと、テニスと、色恋沙汰に熱心だった、というように描かれている。そういう学生たちを、ノンポリといったのだろうか。

6　『青が散る』は阪急京都沿線が生んだ物語

一方、別の角度から考えてみたい。『青が散る』の主人公たちが、学生運動と無縁だったのは、ノンポリであったというだけでなく、阪急京都線沿線という場所柄があると思うのだ。

『青が散る』は、いうまでもなく小説なので、なにも作者の実体験をモデルにしなくてもよかったともいえる。しかも、宮本輝のエッセイによると、追手門学院大学に来たくて来たわけではなく、一浪して、ようやく入ったということだったようだ。

だが、ここで逆転の発想を試みたい。もし、宮本輝が第一志望の京都の大学に入ったとしたら？　ということだ。あの当時、宮本輝が京都の有名大学に入っていたら、当然のことながら、学生運動の盛んな大学に通うことになったのだ。そうなると、追手門学院大学でののんびりとした青春とは、全く違う青春の体験になったかもしれない。あるいは、大阪市内の大学でも、また全然違ったかもしれない。

ようするに、たまたま宮本輝が通った大学が、後に書く小説の性質を大きく変えたかもしれない、ということだ。当時の阪急京都線の沿線で、茨木市の山奥にある追手門学院大学の土地柄は、世間の騒動から完全に隔離された、別世界の環境にあったといえるのだ。もちろん、バスで駅まで出て、電車に乗れば京都にも大阪にも行けるのだが、一度大学に登校すると、世間とは隔離された場所であったのだと思われる。そういう土地柄というものが、時代の騒ぎから一歩引いた視線を大学生活にもたらし、その体験がそのまま小説『青が散る』に反映されている、といえるのだ。

もっとも、実際には、作者の父が大学在学中に亡くなったので、後半はのんびりした学生生活どころではなくなったようだ。その体験を反映して、作品の中でも、主人公が生活に追われて働かざるをえなくなる、という厳しい現実が描かれている。全共闘運動などよりも、生活で苦労するようなお話なのだ。リアルな現実を描くことで、青春小説の物語としては、夢がそこで断ち切られていく結末になる。

全体としては、『青が散る』は、厳しい現実から隔離されて青春の夢をみていた大学生活と、その夢の終わり、というような内容になっている。その作品世界を成立させる背景として、阪急京都線沿線という土地柄が非常に大きな役割を果たしているのだ。追手門学院大学へは、バスで阪急京都線の茨木市駅から通うのだが、この山奥のキャンパスと、大都市の町中のキャンパスとは、環境に大きな違いがある。

最近はそうでもないのかもしれないが、昔は、大学は休講が多かったので、町中のキャンパスにいれば、休講の時、学生がキャンパスに残っているとは限らない。次の講義までの時間をつぶしに、一旦町に出る学生もいただろう。ところが、郊外キャンパスでは、休講でも町中に出たりはできない。つまり、郊外のキャンパスの学生は、昼間は世間から隔離された空間にいるわけだ。追手門学院の場合は山奥なので、隔離の度合いが大きい。当時、あのキャンパスのあたりは、山の中の田んぼしかなかったのだ。

京都線沿線の特徴だが、映画『阪急電車』のような小ぎれいな風景は、残念ながらあまりない。この沿線は、工場と民家が多くて、ごみごみしている場所と、農村の残る田んぼばかりの風景が代表的なのだ。風景が今津線のように印象的ではないので、残念ながら、映画『阪急電車』の京都線バージョンは、無理ではなかろうか。

結論を先取りしてしまうと、阪急京都線沿線は、小説の物語が生まれにくい、といえる。なぜかというと、基本的に、阪急京都線も、JR京都線の場合も、通過駅が多いのだ。一つ一つの駅に各駅停車で、という路線ではなく、京都線の駅は、京都大阪間の通過駅、という位置づけなのだ。

昔の阪急京都線の売りは、ノンストップ特急で、京都から一気に大阪の十三まで停まらない特急があった。これは、旧国鉄の快速、新快速に対抗してのことだという。阪急と国鉄で、京都大阪間のスピードを競っていた路線である。かつて、阪急京都線の茨木市駅は、急行と各駅停車が停まっていたが、だからといって、茨木市駅で降りてなにかをする、という駅とは違う位置づけだった。阪急茨木市駅は、逆に、そこから乗って大阪や京都に行く駅、という位置づけだった。いわば、典型的なベッドタウンの駅だったのだ。

ちなみに、阪急茨木市駅の駅前が現在のようにきれいに整備されたのは、七〇年の大阪万博がきっかけだったようだ。それまで、一望の竹林だった北摂の千里丘陵を切り開いて、開催された大阪万博会場へは、もより駅として、阪急京都線の茨木市駅からバスが出ていた。

阪急京都線の駅の多くは、そこで降りて、ではなく、そこから乗って、大阪や京都に行くための駅なのだ。降りる駅ではなく、乗る駅、であるといえる。そこで降りて、駅ごとに物語がある、というような、各駅停車のローカル線ではない、ということである。だから、なかなか、その駅の物語が生まれにくい、といえよう。

しかし、そういう阪急京都線でも、小説『青が散る』で描かれたように、大阪市内から来て、その駅で降りて大学に行く、ということになると、初めて物語が生まれるのだ。もし、宮本輝が『青が散る』でもっとエピソードを増やすとしたら、茨木市駅でのエピソードを作ってもよかったかも？　と思う。残念ながら、茨木市駅でのエピソードは小説に登場しない。

なぜ、ないのか？　やはり、駅に何もなかったからだろう。物語が生まれる道具だてがない。学生たちは、電車に乗れば大阪市内にでるしかなかったのだろう。だから、茨木市駅前ではなく、電車で大阪市内にでて、喫茶店でたむろしていたりするのだ。

大沢も高末も神崎も、白樺の地下に集まってくる若者たちは、みんなガリバーの歌のように、摩天楼の陽炎にひたって、あてどなく地下に還ってくる駱駝たちだ。そして、自分も。

彼は、いまあちこちの大学で起こっている紛争を思った。革マルや、三派全学連や、その他さまざまなセクトの学生が、機動隊と衝突していた。端山たちも、自分や金子も、それらとはまったく無縁であった。けれども、全共闘のアジテーターと、白樺の地下でうごめく駱駝と、どこがどう違うというのかという思いがした。

（宮本輝『青が散る』より）

ということで、本章での結論は、「沿線文学」といいつつ、小説『青が散る』では、沿線は通過されてしまっている、ということになった。

とはいえ、阪急京都線の沿線文学として、『青が散る』は、この沿線だったからこそ、あのような時代背景にあって、まるで時代と無関係なような、学生生活の本来の楽しみをのびのびと描くことができた、といえる。このように、『青が散る』は、京都沿線にある舞台設定が必然的に作品内容を決めた、といえるのだ。だから、沿線文学の実例として、『青が散る』は、いかにも阪急京都沿線だからこそ成立する小説である。

第2章　阪神本線と村上春樹

1　村上春樹の初期作品の舞台は阪神間

村上春樹の初期作品の舞台が阪神間であることは、いまとなっては愛読者の間に知れ渡っている。しかし、デビュー作『風の歌を聴け』の当時、あの物語の舞台が芦屋をモデルにしていることは、それほどポピュラーではなかった。

特に、登場人物のセリフが、まるで翻訳小説のような、無機質で乾いたタッチであるため、まるでカリフォルニアかどこかの物語であるかのようにも感じさせた。もっとも、主人公が東京から故郷に帰ってくるというシチュエーションであるため、舞台が日本であることは確かである。しかし、この舞台が日本の地方都市のどこであっても、基本的に、人物が話す言葉が無国籍的であるため、日本のローカルカラーを感じさせない、まさに翻訳小説のようなテイストが特徴となっていた。

『風の歌を聴け』が出現するまでの日本の小説は、ローカルテイストが売り物の一つだったといえる。東京と地方のギャップをテーマにした多くの日本の現代小説は、地方色そのものが、小説のテーマとなっているものもあった。それらは、おそらくは古典文学からの伝統を色濃く受け継いで、都と鄙の物語、という構造や、歌枕の詞書、という成り立ちで、小説を発想していたのではないか、と思うのだ。

実のところ、村上春樹の生い立ちは、国語教師の両親に英才教育を受けて、むしろ古典文学からの伝統を受け継ぐ小説を書いてもいい立ち位置だった。それが、英才教育ゆえの屈折を経たのか、アメリカのペイパーバックを原書で読むことから英語の小説世界にどっぷり浸かることになった。そこから、逆翻訳のような無国籍テイストの小説、という逆説的な登場の仕方で、デビューを飾ったのが、『風の歌を聴け』だった。

実際、作者の語るところでは、デビュー作は、最初はあのような断片的な書き方ではなく、普通に物語として書かれたらしい。それを奥さんに読んでもらうと、大学の国文で漱石専攻だったという奥さんに、面白くない、とばっさり切られたので、次に英語で書いてみて、それを日本語に翻訳し直してみたら、うまくいったのだ、とのことだ。かくして、偶然なのか、必然なのか、翻訳テイストの現代小説『風の歌を聴け』が誕生、ということになった。

さて、そこで、問題は、『風の歌を聴け』はローカルテイストの日本の現代小説ではなく、特殊な無国籍小説なのか？　という点にある。

2　『風の歌を聴け』は無国籍小説か？

実際、読んだ印象では、『風の歌を聴け』は、幾多の文芸評論でまことしやかに論じられているような、無国籍小説などではない。どうみても、あの作品の舞台は阪神間で、主人公たちは、阪神間の青年たちで、東京で挫折した語り手と、阪神間に残って挫折していく分身的青年の物語だと思えた。

語り口が、まるで翻訳小説のようだ、というのも、元々、翻訳小説を読み慣れていたので、全く気にならなかった。だから、あの小説は、筆者にとっては、作者がストレートに故郷への思いを描いた作品であるようにも読めたのである。

『風の歌を聴け』に描かれた「街」の姿は、阪神間を知る読者にとっては、どうみても芦屋あたりの風景である。

街について話す。僕が生まれ、育ち、そして初めて女の子と寝た街である。前は海、後ろは山、隣りには巨大な港街がある。ほんの小さな街だ。港からの帰り、国道を車で飛ばす時には煙草は吸わないことにしている。マッチをすり終るころには車はもう街を通りすぎているからだ。

（村上春樹『風の歌を聴け』より）

さらに、まったりと夏休みを過ごす語り手の大学生の様子は、これまた阪神間でいかにもありそうな描写だった。このことは、非常に興味深いのだが、地元の人間にはそのテイストがわかる、とすれば、『風の歌を聴け』は、一見、無国籍な現代小説だが、その本質は、実は正統的なローカルテイストの近代小説ではあるまいか、という疑問も生じるのだ。

もちろん、この小説に描かれた心情は、実にオーソドックスな青春のノスタルジーとして読める。けれど、その表現が新しかったところに、村上春樹の新鮮さがあったのだろう。だから、これまでの文芸評論によると、村上春樹の小説は日本の伝統的文学とは全く違う無国籍小説だ、などといわれてきたのだが、実際は、本質的に伝統的な文学に近い、ともいえるのだ。

それはおそらく、作者の少年期に叩き込まれた古典文学の素養が、小説を書いたときに、いやおうなく透けてみえたということかもしれない。

3　沿線文学としての村上春樹

さて、ここからは、沿線文学としての村上春樹の小説について、具体的にみていきたい。

(1)『風の歌を聴け』の場合――阪神芦屋駅近辺

『風の歌を聴け』に描かれた阪神沿線の風景、特に芦屋駅近辺の描写が登場する場面を紹介する。

時間はたっぷりあったし、するべきことは何もない。僕は街の中をゆっくりと車で回ってみた。海から山に向かって伸びた惨めなほど細長い街だ。川とテニス・コート、ゴルフ・コース、ずらりと並んだ広い屋敷、壁そして壁、幾つかの小綺麗なレストラン、ブティック、古い図書館、月見草の繁った野原、猿の檻のある公園、街はいつも同じだった。
僕は山の手特有の曲がりくねった道をしばらく回ってから、川に沿って海に下り、川口近くで車を下りて川で足を冷やした。テニス・コートではよく日焼けした女の子が二人、白い帽子をかぶりサングラスをかけたままボールを打ち合っていた。

(村上春樹『風の歌を聴け』より)

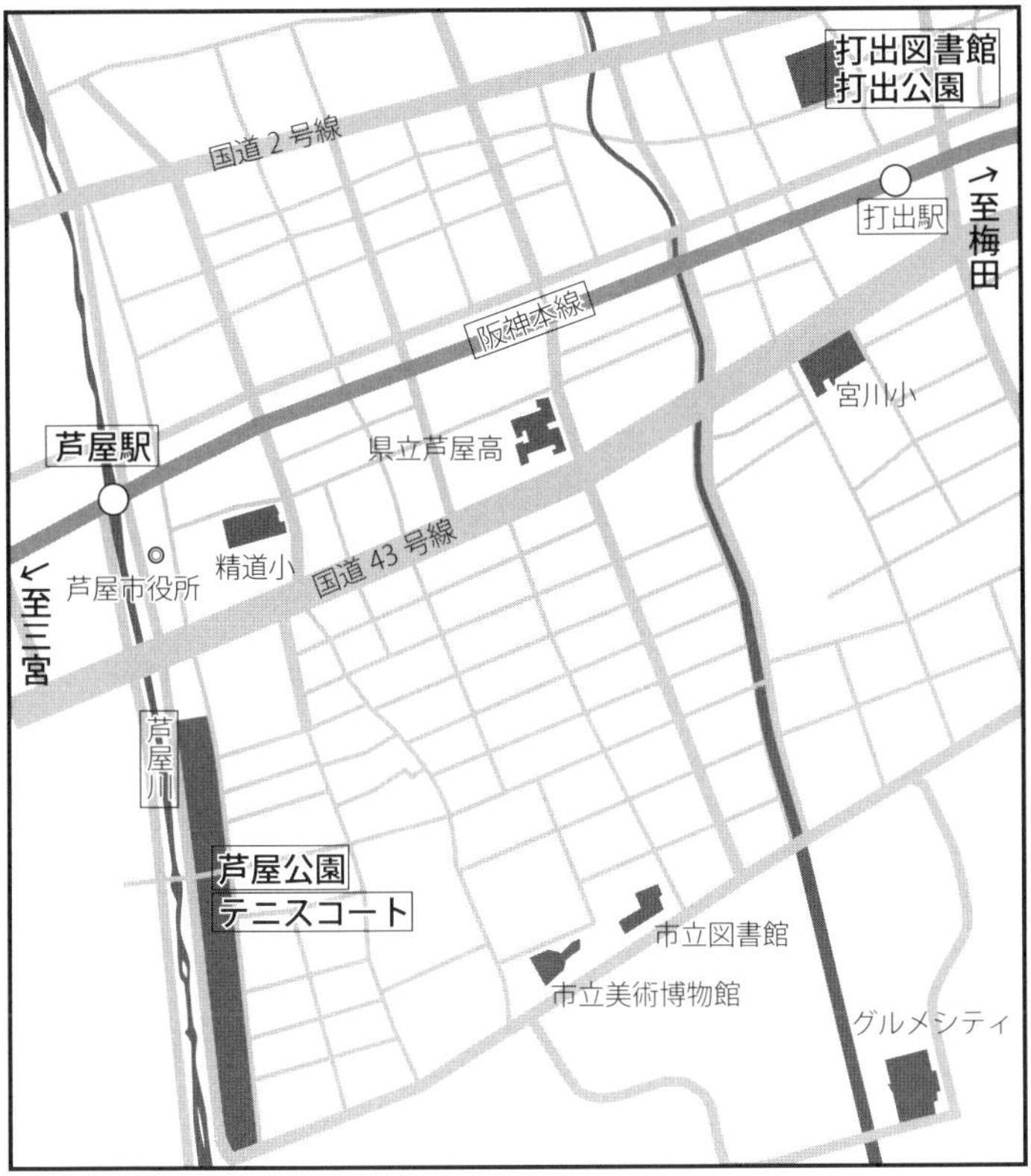
打出図書館
打出公園
国道２号線
打出駅
至梅田
阪神本線
宮川小
芦屋駅
県立芦屋高
精道小
国道 43 号線
芦屋市役所
至三宮
芦屋川
芦屋公園
テニスコート
市立図書館
市立美術博物館
グルメシティ

地図１　芦屋地図

この場面で描かれる「街」は、芦屋、特に阪神芦屋駅から南側の風景を見事に描き出している。特に、「川とテニス・コート」「古い図書館」「猿の檻のある公園」は、いまや、村上春樹ゆかりの阪神間の風景として読者の間では有名になっている。

芦屋川は、元々、阪神間の桜の名所だが、なによりも、谷崎潤一郎の『細雪』に登場する松並木の風景がよく知られている。（写真3）

芦屋川のすぐ横にあるテニスコートの風景は、風格のある松並木と、伝統を感じさせるテニスクラブの雰囲気が、いかにも芦屋にふさわしく、ブルジョワ文化華やかなりしころを髣髴とさせる。

また、作中の「古い図書館」とは、村上春樹が子どもの頃通った打出図書館のことで、時代を感じさせる建物が印象的である。「猿のいる公園」として、今では村上春樹の読者に広く知られている打出公園は、現在は猿がいなくなっている。しかし、猿のいた檻には案内板が設置され、村上春樹ゆかりの場所として芦屋市の名所になりつつある。

これらはいずれも、阪神芦屋駅から徒歩圏内にある。

（2）『羊をめぐる冒険』の場合——阪神芦屋駅近辺

写真３　阪神芦屋駅からみた芦屋川の風景

『羊をめぐる冒険』に描かれた阪神沿線の風景、特に阪神芦屋駅近辺の描写が登場する場面を紹介する。

昔のジェイズ・バーは国道わきの古ぼけたビルの地下にある小さな湿っぽい店だった。

（中略）

三代めの店は昔のビルから五百メートルほど離れた川のほとりにあった。さして大きくはないがエレベーターまでついた新しい四階建てのビルの三階である。エレベーターに乗ってジェイズ・バーに行くというのもどうも妙なものだ。カウンターの椅子から街の夜景が見渡せるというのも妙だった。

新しいジェイズ・バーの西側と南側には大きな窓があって、そこから山なみと、かつて海であった場所が見渡せた。海は何年か前にすっかり埋めたてられ、そのあとには墓石のような高層ビルがぎっしりと建ち並んでいた。

（村上春樹『羊をめぐる冒険』より）

ここに描かれた芦屋海岸の風景は、ちょうど（写真４）のようなものである。大森一樹監督によるＡＴＧの映画版『風の歌を聴け』では、ジェイズ・バーは、神戸市内にあるような描き方をされていた。けれど、小説のジェイズ・バーは、芦屋の国道二号線沿いにあるはずなのだ。

『羊をめぐる冒険』で描かれる新・ジェイズ・バーも、元の店からほど近い場所にあり、芦屋川に沿ったビルにあるという設定だ。おそらくは、阪神芦屋から徒歩で行ける範囲にあるものと思われる。

次に、『羊をめぐる冒険』に描かれたＪＲ芦屋駅前のホテルの場面を紹介する。

「今どこに泊っているの？」と彼女が訊ねた。

「――――ホテルです」

「明日の五時にホテルのコーヒー・ハウスに行くわ。八階のね。それでいい？」

写真４　芦屋川の風景と埋め立て地

（中略）

八階の窓から眺めると、地表は隅々まで黒く濡れていた。高架になった高速道路では西から東に向う車が何キロも渋滞していた。じっと眺めていると、それらは雨の中で少しずつ溶けかけているように見えた。実際、街の中の何もかもが溶け始めていた。港の突堤が溶け、クレーンが溶け、建ち並んだビルが溶け、黒い雨傘の下で人々が溶けていった。山の緑も溶けながら音もなくふもとへ流れ落ちていった。しかし何秒か目を閉じて次に開いたとき、街はまたもとどおりになっていた。（村上春樹『羊をめぐる冒険』より）

これは、ＪＲ芦屋駅前のホテル竹園をモデルにしていると思われる。このホテルは、昔、読売巨人軍の定宿だったところで、往年の長島、王選手などが廊下で素振りをしたエピソードなどが知られている。芦屋市内のホテルとしては、格式もあり、小説中に描写された通り、八階建てで、最上階にはバーもある。

さらに、『羊をめぐる冒険』に描かれた沿線風景を追加しよう。北海道のＪＲ路線沿線の描写が登場する場面である。

我々は旭川で列車を乗り継ぎ、北に向って塩狩峠を越えた。九十八年前にアイヌの青年と十八人の貧しい農民たちが辿ったのとほぼ同じ道のりである。

秋の日差しが原生林の名残りや燃えるように赤く紅葉したななかまどをくっきりと照らし出していた。空気はしいんと澄みきっていた。じっと眺めていると目が痛くなってくるほどだった。

列車は始めのうちは空いていたが、途中から通学する高校生の男女でぎっしりと満員になり、彼らのざわめきや歓声やふけの匂いやわけのわからない話ややりどころのない性的欲望で溢れた。そんな状況が三十分ばかり続いてから、彼らはどこかの駅で一瞬にして消滅した。

（村上春樹『羊をめぐる冒険』より）

このように、関西だけに限らず、村上春樹の小説には各地の鉄道沿線の風景が、実に印象的に描かれている。そういう観点から、村上春樹の小説は、沿線文学としての読み方が楽しめるのだといえよう。

(3)『ノルウェイの森』の場合――阪神香櫨園駅近辺

『ノルウェイの森』に描かれた阪神沿線の風景、特に阪神香櫨園駅近辺の描写が登場する場面を紹介する。

「さっき一人でいるときにね、急にいろんな昔のこと思い出してたんだ」と僕は言った。「昔キズキと二人で君を見舞いに行ったときのこと覚えてる？ 海岸の病院に。高校二年生の夏だっけな」

「胸の手術したときのことね」と直子はにっこり笑って言った。「よく覚えているわよ。あなたとキズキ君がバイクに乗って来てくれたのよね。ぐしゃぐしゃに溶けたチョコレートを持って。あれ食べるの大変だったわよ。でもなんだかものすごく昔の話みたいな気がするわね」

写真５　回生病院

（中略）

「わからないな。ただ思い出したんだよ。海風の匂いとか夾竹桃とか、そういうのがさ、ふと浮かんできたんだよ」と僕は言った。

（村上春樹『ノルウェイの森』より）

ここに出てくる「海辺の病院」とは、西宮にある回生病院であると考えられる。回生病院は、夙川の河口にあり、阪神香櫨園駅からは少し遠いが、歩いて行ける場所である。この病院にも付近にも夾竹桃があり、作中の描写が正確であることが、実際に足を運んでみるとよくわかる。（写真５）

ちなみに、回生病院まで歩く道筋に、村上春樹のエッセイ『ランゲルハンス島の午後』に描かれた、夙川にかかる小さな橋、あしはら橋がある。

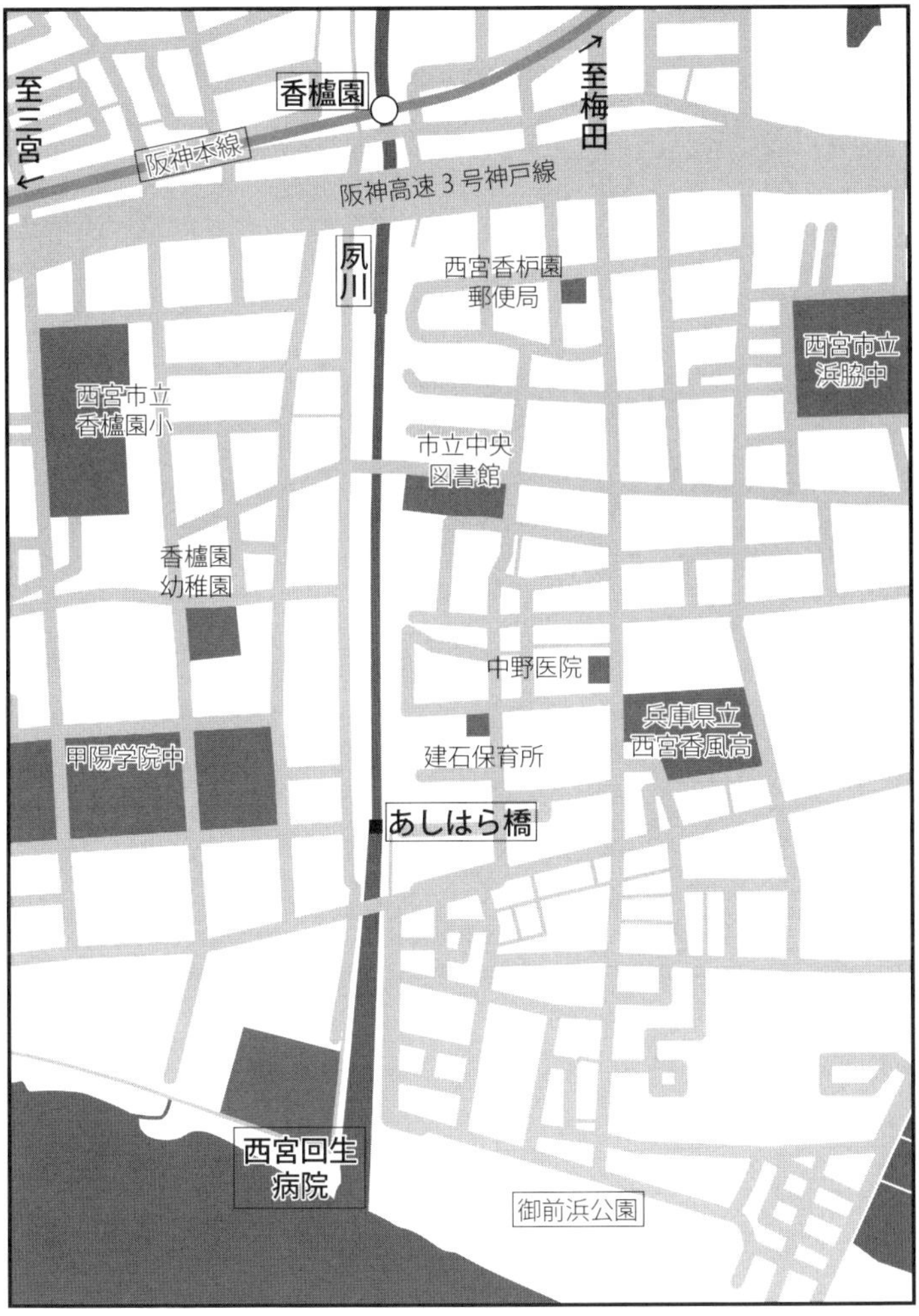
至三宮
香櫨園
至梅田
阪神本線
阪神高速３号神戸線
夙川
西宮香枦園
郵便局
西宮市立
浜脇中
西宮市立
香櫨園小
市立中央
図書館
香櫨園
幼稚園
中野医院
兵庫県立
西宮香風高
甲陽学院中
建石保育所
あしはら橋
西宮回生
病院
御前浜公園

地図２　香櫨園地図

その近辺に、村上春樹は小学生の頃まで住んでいた。（地図2）

ついでに、『ノルウェイの森』に出てくる、東京の都電沿線の印象的な描写も紹介しておく。『ノルウェイの森』の東京での場面は、意図してかどうかはわからないが、夏目漱石の『三四郎』『それから』などの都電沿線描写を髣髴とさせる、都電や国鉄沿線の描写が多い。

日曜日の朝の都電には三人づれのおばあさんしか乗っていなかった。僕が乗るとおばあさんたちは僕の顔と僕の手にした水仙の花を見比べた。一人のおばあさんは僕の顔をみてにっこりと笑った。僕もにっこりとした。そしていちばんうしろの席に座り、窓のすぐ外を通りすぎていく古い家並みを眺めていた。

（中略）

電車はそんな親密な裏町を縫うようにするすると走っていった。途中の駅で何人か客がのりこんできたが、三人のおばあさんたちは飽きもせずに何かについて熱心に顔をつきあわせて話しつづけていた。

大塚駅の近くで僕は都電を降り、あまり見映えのしない大通りを彼女が地図に描いてくれたとおりに歩いた。

（村上春樹『ノルウェイの森』より）

村上春樹が初めて「リアリズム小説」を書いたとされるこの作品は、図らずも明治の近代小説のリアリズム描写へのオマージュとなっているのかもしれない。

（4）『海辺のカフカ』の場合

『海辺のカフカ』に描かれた阪神沿線の風景、特に阪神西宮駅近辺の描写が登場する場面を紹介する。

踊り場の正面の窓にはステンドグラスがはめこまれている。鹿が首を伸ばしてブドウを食べている図柄だ。

（村上春樹『海辺のカフカ』より）

これは、昔の西宮市立中央図書館にあったステンドグラスが、『海辺のカフカ』で描かれた高松の図書館に登場している例である。西宮市立中央図書館は、元は阪神西宮駅近くの市役所のところにあったが、移転し、現在は香櫨園駅がもよりの駅になっている。この図書館にも、村上春樹は子どものころ、よく通ったということだ。

それは私たちがよく遠足にでかける山でした。お椀を伏せたような丸い形をしておりまし

写真６　甲山

て、私たちはそれを普通「お椀山」と呼んでいました。それほど険しい山ではありませんし、誰でも簡単に登れます。

（村上春樹『海辺のカフカ』より）

ここに描かれた「お椀山」は、作中では山梨県にあるという設定になっている。しかし、村上春樹が子どものころから見て育った、西宮市の甲山が、形からいっても、この山のモデルであろうと思われるのだ。（写真６）

ついでながら、『海辺のカフカ』に描かれた高松のローカル鉄道の沿線も、実に見事に描かれている。村上春樹自身はインタビューで、この小説を書くとき事前取材はしなかったのだと語っている。だとすると、このローカル線の描写は、作者の心の中にあるローカル線のイメージが描き出されたものだといえる。

二両連結の小さな電車だ。線路はビルのならんだ繁華街を抜け、小さな商店と住宅が入りまじった区域を抜け、工場や倉庫の前を通りすぎる。公園があり、マンションの建築現場がある。僕は窓に顔をつけ、知らない土地の風景を熱心に眺める。なにもかもが僕の目には新鮮にうつる。僕はこれまで東京以外の町の風景というものをほとんど見たことがなかったのだ。

（村上春樹『海辺のカフカ』より）

このローカル線のイメージは、もしかしたら、村上春樹が育った西宮市を東西に横断していた、阪神国道の路面電車のイメージかもしれない。あるいは、早稲田大学在学中に慣れ親しんだ、東京の都電のイメージだったかもしれない。

4　村上文学は阪神間の風景から生まれた

以上、個別の例をみてきたが、村上春樹の小説には、作者自身の育った阪神間の鉄道沿線の風景が、色濃く反映している部分がある。それは、あくまでも、一部の作品、また、作品の一部分ではあるが、物語の重要な部分を占めているといえる。

特に、初期三部作において、作者の分身的な語り手と親友・鼠が過ごす風景は、作者が十代までを過ごした阪神電車沿線の阪神間風景そのものであるといえる。

また、作者が幼少期を過ごした阪神電車香櫨園周辺は、駅から、春樹少年のかつての自宅のあった辺りにまっすぐ伸びる夙川沿いに、ハルキワールドの原風景がちりばめられているのである。夙川河口付近に立つと、海側には『ノルウェイの森』の海辺の病院がみえるし、振り返ると、『海辺のカフカ』のお椀山がある。（写真7）（写真8）

このように、作者の育った夙川沿いの風景が、作品世界の風景の原点を形作ったと考えると、無国籍といわれる村上文学が、実は日本の風景から生まれた作品でもあるといえる。

村上文学は、これまでの文芸評論などで論じられているような無国籍小説、翻訳文体の小説なのではなく、そういう形をとりながらも、作品の底流には、作者の育った原風景がしっかりと根付いているのである。そうであれば、村上文学は、作者が少年期に両親から叩き込まれた古典文学の素養の上に成り立っている、と考えても、間違いあるまい。

世界中で読まれるハルキワールドの魅力の秘密は、実のところ、作者の古典文学の教養をベースとして、作者自身の原風景が思い入れをもって描き込まれているところにこそ、あるのだともいえよう。

写真７　夙川河口付近

写真８　夙川河口付近から甲山

第3章　阪急神戸線　谷川流『涼宮ハルヒの憂鬱』

『涼宮ハルヒの消失』あらすじ

冬休み直前、キョンたちSOS団の面々には、悩みの種が一つ。クリスマスパーティーを画策する涼宮ハルヒが、またまた暴走しそうな雰囲気なのだ。ところが、その朝、何かがおかしかった。キョンの後ろはハルヒの席のはずなのに、なぜか、そこに、いるはずのないやつが…。「ビミョーに非日常系学園ストーリー」の第四弾。物語は大きな転換点を迎える。果して、涼宮ハルヒはどこに？　違う時間、違う世界で、キョンが下した決断とは？

ライトノベル版『消失』について、SF作家の大御所・筒井康隆が文芸誌の対談で面白いと褒めただけあって、二〇一〇年映画化された映画版『涼宮ハルヒの消失』は、『時をかける少女』のあとを継ぐ時間テーマのSF作品となっています。

『涼宮ハルヒの驚愕』あらすじ

シリーズ第九作『涼宮ハルヒの分裂』の続きから物語は始まります。

前作では、春の訪れと共に、SOS団のメンバーは無事進級。春休みにキョンは、中学時代のガールフレンド・佐々木と再会、それが事件の発端でした。

第一〇作『涼宮ハルヒの驚愕』の物語は、新キャラクターであるSOS団もどきのグループとの対決を軸に進みます。

本作では、これまでの低回趣味を脱して、ストーリーが劇的に展開します。新キャラの登場により、主人公たちの内面も大きく変化していくことになるからです。

前作の『分裂』から続いているパラレルストーリーは、最終的に一つに合流し、意外な結末へとなだれこんでいきます。

ハルヒとキョンの仲はどうなるのか？　前作で病に倒れた長門の運命は？　朝比奈さんや古泉はどう動くのか？　この作品の魅力は、なんといっても、主要キャラクターたちの生き生きとした描写にあります。「終らない日常」を賛美してやまない、ノスタルジックな青春ストーリーの名作です。


（以上、西宮市の西宮文学回廊ＨＰ解説文より引用。解説文は筆者の執筆）

谷川流と『涼宮ハルヒ』シリーズについて

谷川 流

ライトノベル作家・SF作家・漫画原作者。

2003年『涼宮ハルヒの憂鬱』で、第8回スニーカー大賞を受賞。受賞作と電撃文庫の『学校を出よう！』第一巻との同時刊行デビューした。

2006年『涼宮ハルヒの憂鬱』のアニメが大ヒットしたことにより、さらにその知名度は向上。

2010年『涼宮ハルヒの消失』が映画化された。

最新刊である2011年刊行の『涼宮ハルヒの驚愕』は、前後二冊でミリオンセラーとなり、東アジアで数国同時刊行という快挙を成し遂げた。

主要作品

『涼宮ハルヒの憂鬱』シリーズ（2003年〜続刊中）
『学校を出よう！―― Escape from The School』シリーズ（2003年〜続刊中）
『ボクのセカイをまもるヒト』（2005年）
最新刊『涼宮ハルヒの驚愕』（2011年）

（筆者による解説文）

1 ライトノベル『涼宮ハルヒ』シリーズと阪急神戸線沿線

阪急神戸線は、大阪の梅田から神戸の三宮を結ぶ路線で、その大部分が兵庫県内を走っている。阪急神戸線というのは奇妙な路線で、「神戸線沿いに住んでいます」という場合でも、例えば園田駅下車何分、というところに住んでいる場合、あまり神戸線沿いに住んでいるという印象がない。同じ神戸線沿線でも、園田駅以東と、園田駅以西の間に、なにかしら大きな断絶があるように思える。特に、塚口駅から西側というのは、特殊な印象がある。こういうあたりを、作品を例にとって考察したい。

今回とりあげる作品は、ライトノベル『涼宮ハルヒ』シリーズだ。もともとライトノベル（以下、ラノベ）の読者層は、若者中心だったが、近年、だんだん読者層が広がっているようだ。というより、昔よくラノベを読んでいた人が、そのまま読み続けている、あるいはまた読み始めた、というような例が増えているのだろうと思える。いずれにせよ、ラノベは、以前より広い読者層を獲得しているようだ。

そのなかでも、『涼宮ハルヒ』シリーズは、ラノベの代表格だといえる。近刊『涼宮ハルヒの驚愕』の時点で、八〇〇万部、世界一五カ国に翻訳されていることからも、その人気のほどが窺える。『涼宮ハルヒ』の場合、特に、アニメ版が世界中にファンを広げたということが大きい。いまや、アニメ『涼宮ハルヒ』は、日本を代表する売りものとして、「クールジャパン」というようなキャッチフレーズで海外に売り込まれている。しかし、日本のアニメやマンガは、「クールジャパン」として無理矢理売り込まれる以前から、世界中にファンを獲得していたのだ。

2　アニメ版『涼宮ハルヒ』で描かれた実在の風景

今回は、阪急神戸線沿線を舞台にした作品として、『涼宮ハルヒ』を取り上げる。まずは、アニメ版の一場面についてである。

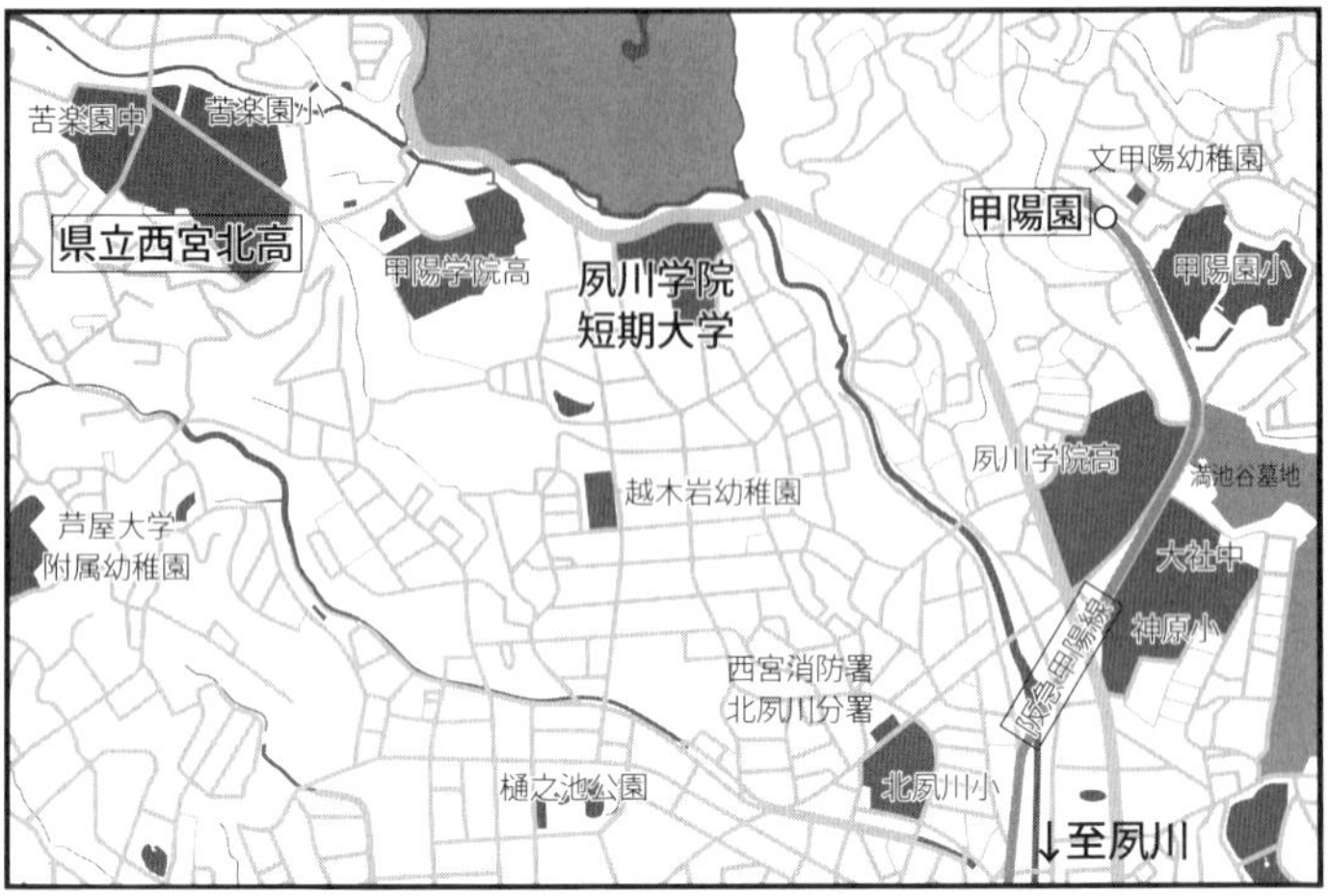

地図３　甲陽園地図

アニメ版『涼宮ハルヒ』の中で描かれている風景は、近年のアニメに顕著な特徴である実在の風景トレースを行っている。これは、実在の風景をそのまま背景画にトレースして、アニメの画面にリアリティを出す、という手法だ。

例えば、『涼宮ハルヒ』の主役の一人で、語り手でもあるキョンが通う高校は、山の上にある。その通学風景が第一話から出てくるが、このアニメの背景画が、西宮市内の実在の風景だ、と放映当時からファンの間で話題になった。この実在の風景とは、阪急甲陽線の甲陽園駅から山手に上がっていく道筋で、夙川学院短大の隣に、兵庫県立西宮北高校というのがある。『涼宮ハルヒ』シリーズで描かれる高校は、ここがモデルになっている、ということだ。主人公の涼宮ハルヒたちは、ここに通学しているのだ。（地図３）

そのアニメ版の場面に、西宮だけでなく、阪神間の随所の風景をそのまま描いてあるので、それをみたファンが、同じ風景を写真に撮りに来たりするようになった。これを、いつしか、「聖地巡礼」と呼ぶようになったのだ。

アニメ作品の「聖地巡礼」の場合、この『涼宮ハルヒ』以前にも、数多くの例がある。だが、『涼宮ハルヒ』の場合には、他の例とは異なる特殊な事情がある。それは、小説版の作者の谷川流が、西宮育ちの西宮在住である、という点だ。小説『涼宮ハルヒ』シリーズの作品中にも、そのままの地名は書いていないが、実在の地名をちょっともじった名前がついていたり、小説の中に描かれた風景描写が、いかにも阪神間を髣髴とさせる。また、アニメ化されるとき、作者公認で阪神間のゆかりの場所をアニメスタッフがロケして、撮影した写真をそのまま背景画に描いていた、ということだ。

物語は、なんでもない高校生活を描くかと思いきや、徐々にSF風の展開をしていく。語り手の男子高校生キョンが、入学式の日に出会った涼宮ハルヒという女子高生は、不思議な事件を起こす力を持っているらしい、ということが、だんだんと明らかになっていく。

この小説の物語は、作者・谷川流自身の学生時代の体験が、色濃く反映された部分が多い、とみられている。だからこそ、小説の舞台は、作者自身が青春を過ごした阪神間の風景でなければならない、というリアリティの一致があるのだ。

3　『涼宮ハルヒ』に描かれた大阪駅前の異空間

さて、『涼宮ハルヒ』の中で、阪急神戸線沿線ゆかりのエピソードの一つとして、主役たちが一種の異次元空間へ紛れ込んでしまう話がある。その場所というのが、阪急梅田と阪神百貨店前の交差点である。（写真9）

その異次元に入る前段階として、主人公たちは、普段の生活の場所である西宮近辺から、川を越えて大阪に出てくる。川を越えることによって、別の世界に入る、という、よくある手法が、この作品でも使われている。三途の川をイメージすればわかりやすいだろう。川を対岸に渡ると、別の世界である、という手法なのだ。世界共通に、川を越えて死後の世界へ、という神話があるので、川を渡る、というのは別世界へいくことの象徴になる。

『涼宮ハルヒ』でも、普段の生活空間から川を越え、別世界へ移行して、そこで不思議な事件に遭遇する、という描き方がされている。その場面で登場するのが、大阪梅田にある、阪神百貨店から大阪駅へつながる広い横断歩道だ。あの辺りの巨大な交差点が、作品の中で、異次元との境目の役割を果している。（写真10）

現在は残念ながら、大阪駅のビルが新築されたので、アニメ版の背景とは、風景がかなり変

写真９　大阪駅前の交差点

写真 10　阪神百貨店前の横断歩道

わってしまった。その大阪駅前の風景で、一つ、奇妙なことがある。偶然だろうが、アニメの背景の絵が、現実の風景を予言的に、先取りして描いているのだ。

アニメ『涼宮ハルヒ』では、大阪駅と阪神百貨店の間の横断歩道を、二人の男子高校生が歩いている。その向こうに、本来ならあるはずの建物が、アニメでは描かれていない。描かれていないのは中央郵便局なのだが、アニメの背景画で省かれた理由は、わからない。

おそらくは偶然だろう。このアニメは二〇〇六年放映だから、実際はここにあるはずの中央郵便局を、背景で描いていないのは、単に面倒くさかっただけかもしれない。ところが、その後実際に、中央郵便局は移転して、取り壊されてしまった。

中央郵便局の建物は、近代建築の傑作で、保存運動が起きていた。太平洋戦争中、高射砲陣地が屋上にあったという話もあり、歴史的に価値の高い近代建物だった。(写真11)けれど、保存運動もむなしく、結局あっけなく解体されてしまった。(写真12)そうなると、アニメ『涼宮ハルヒ』の背景画は、不思議なことに、中央郵便局が解体されたあとの二〇一三年の風景を、二〇〇六年の時点で描いてしまっているということになる。偶然にしても、面白い現象だ。

以下、ちょっと話はそれる。大阪駅の駅前を、再開発したいというのは当然だが、大阪駅ビルを新しく作って、あの変な巨大滑り台みたいな屋根を作ったのは、どうなのだろう。確かに、大

写真 11　解体前の中央郵便局

写真 12　解体後の中央郵便局跡地

勢の人があつまる空間にはなった。さらに大阪駅の北側に広大な土地があるので、そこもグランフロントとして再開発している。元もとは、サッカースタジアムを建てるとか、緑地にするとか、いろいろ案があったらしいが、なんとなく、ありきたりの再開発地区になってしまいそうだ。

一方、取り壊された中央郵便局の建物は、再び今、同じ建築を建てるのは無理、というような、昔のモダニズム建築である。

どうせ再開発するなら、あれを壊して建て替えるのではなく、再利用して、うまく大阪駅前の目玉施設の一つに転用すればよかったのに、と思う。とにかく日本人というのは、壊すのが好きな国民だ、と思う。古いものをどんどん壊してしまうのは、非常にもったいない。

さて、アニメの場面に戻ると、まだ主人公たちは横断歩道の上で立ち話している。この横断歩道の途中で、彼らは異世界に入り込む、ということになっている。（写真13）

横断歩道の扱いも、川の場合と同じく、あちらの世界とこちらの世界をつなぐイメージで描かれている。この場合、川と同じく、その向こうは異世界である、という境界線が、この横断歩道で表されているのだ。

次にでてくる場面の風景には、阪急梅田駅前のヘップナビオの特徴的な観覧車が描かれ、人物が立っているのは阪神百貨店の屋上で、向いに阪急百貨店があり、阪急グランドビルがある。

このように、実在の梅田の風景を、そのままアニメの背景画にとりこんで使っている。

写真13　大阪駅前横断歩道

ちなみに、この阪急百貨店も、古い昔からある百貨店ビルは建替えとなり、いまは高層ビルに変わった。この背景画のままの風景は、いまはもうなく、変わってしまった。『涼宮ハルヒ』の場面は、立て替え前の阪急百貨店がアニメに描かれた珍しい例といえる。

これ（写真14）は大阪駅前の歩道橋の上からみた交差点の風景だが、この歩道橋は昔からある。ここからみた景色は、駅前の風景の結節点と考えることができる。大阪駅前の風景は、どんどん変わっていくが、作品の中に描き込まれた風景は、その時点での風景を切り取るので、その意味は、時間がたつとだんだんみえてきたりする。

アニメの中では、この場所は完全にＳＦの世界になっていて、光る怪物が出現している。い

写真14　大阪駅前交差点

わば、異次元空間で、異次元の別の梅田の風景を、この巨人が破壊する、という展開になる。こういうアニメの中で実在の風景が破壊されるとき、なにを破壊するか？　ということは、作品のテーマにもつながる問題である。日本映画で一番有名な、実在の建物の破壊シーンは、最初の映画『ゴジラ』で、国会議事堂がこわされる場面だろう。作品中で、なにを破壊するかは、作者の無意識の願望などを表してしまうことにもなりかねない。

4　『涼宮ハルヒ』にみられる阪急神戸線の東西への移動

『涼宮ハルヒ』の中で、阪神間が登場人物の日常的な生活空間であるとすると、川を渡って、大阪側の非日常空間へ移動し、また戻ってくる、という物語構造になっている。

これは、神話でおなじみの伝統的な物語構造で、「行きて帰りし物語」と呼ばれている。

面白いのは、このアニメ作品の中の、この場所が、異世界への境界線なのだ、ということを意識して観ると、また違った楽しみ方ができる、ということだ。その境界線を意識しなくても、読み手はそれなりに楽しめるが、境界線を意識して読むと、また一つ深い楽しみ方ができる、ということなのだ。

そのほか、『涼宮ハルヒ』には、夏の河原で花火をしている場面も出てくる。ここは、兵庫県を流れる武庫川の河川敷と思われる場所で、アニメの背景画には、道路の橋が描かれている。

また別の場面では、武庫川らしき河原で釣りをしている。これは、西宮市で昔からあるハゼ釣り大会を模したものだろう。アニメの背景画には、阪神高速湾岸線らしき高架橋も描かれている。このように、『涼宮ハルヒ』には、川を境界線として描かれた背景が、いくつも出てくる。

一方、阪急神戸線の沿線の場面として、別の意味合いを持たせた場面もある。アニメ版には、神戸の花火大会の夜景が、そのまま描かれているのだ。（地図4）

これはつまり、同じ阪急神戸線で移動するにしても、方向によって意味合いが変わる、ということだ。西宮から西へ、神戸の三宮へ花火大会に行く、というのは、あくまで日常の中にある。

ところが、西宮から東へ、梅田に行った場合は、異次元に入り込んでしまって、変な冒険をする

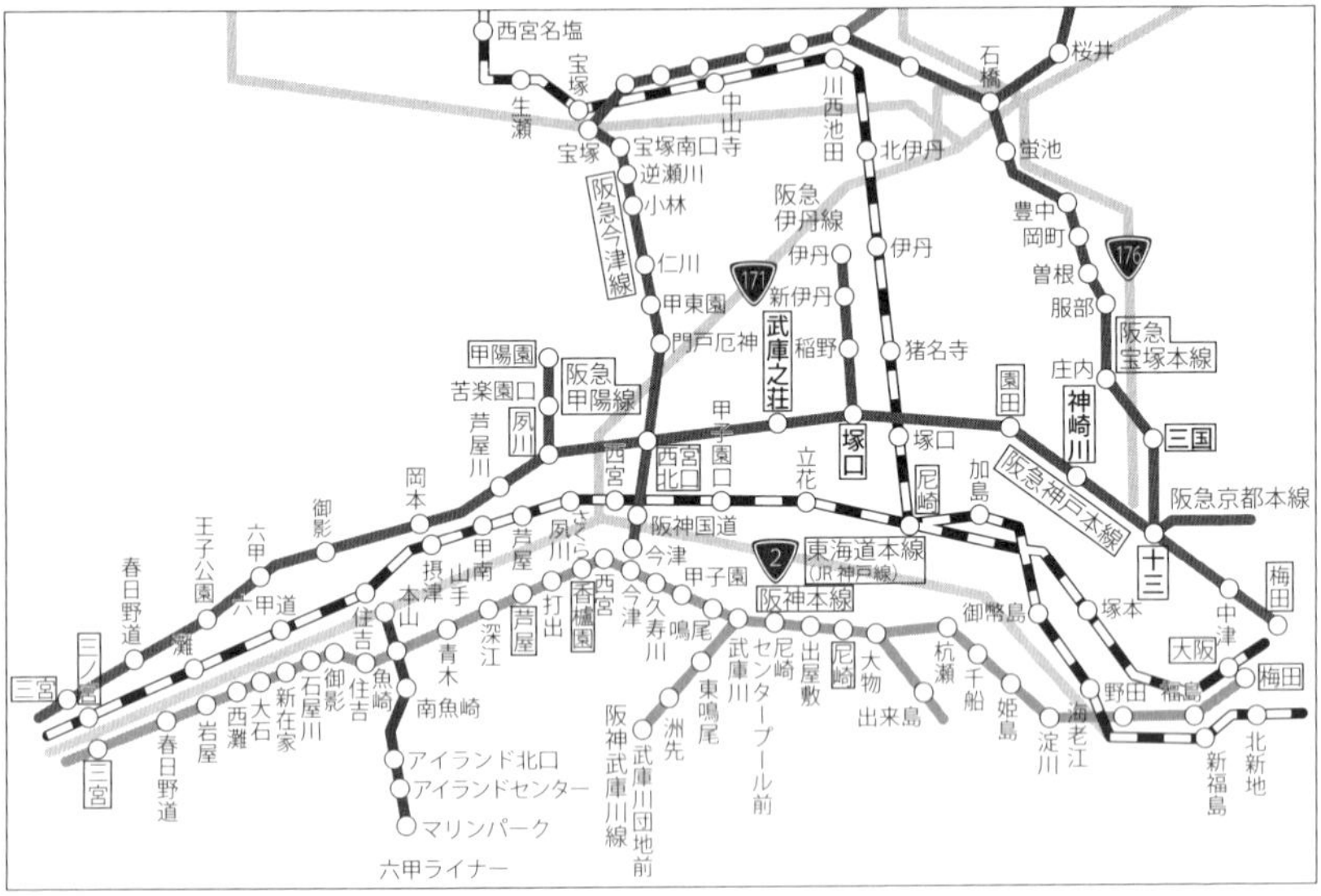

路線図２　神戸線路線図

ことになる。このように、はっきり描き分けているのだ。

別の場面を挙げると、明らかに阪急神戸線の駅の風景を、そのまま使っている場面もある。阪急電車の車内の場面では、主人公たちの横で、学校帰りの他の高校生がおしゃべりをしている場面が描かれている。しかも、車窓風景だけではなく、窓ガラスに映り込んだ沿線風景まで描き込まれており、見事なまでに沿線風景が再現されている。これらは、沿線文学の場面としてもっともわかりやすい例の一つだ。阪急電車をここまで明確に描き込んだアニメ作品の例は、他にないだろう。

ところで、小説版『涼宮ハルヒ』の方

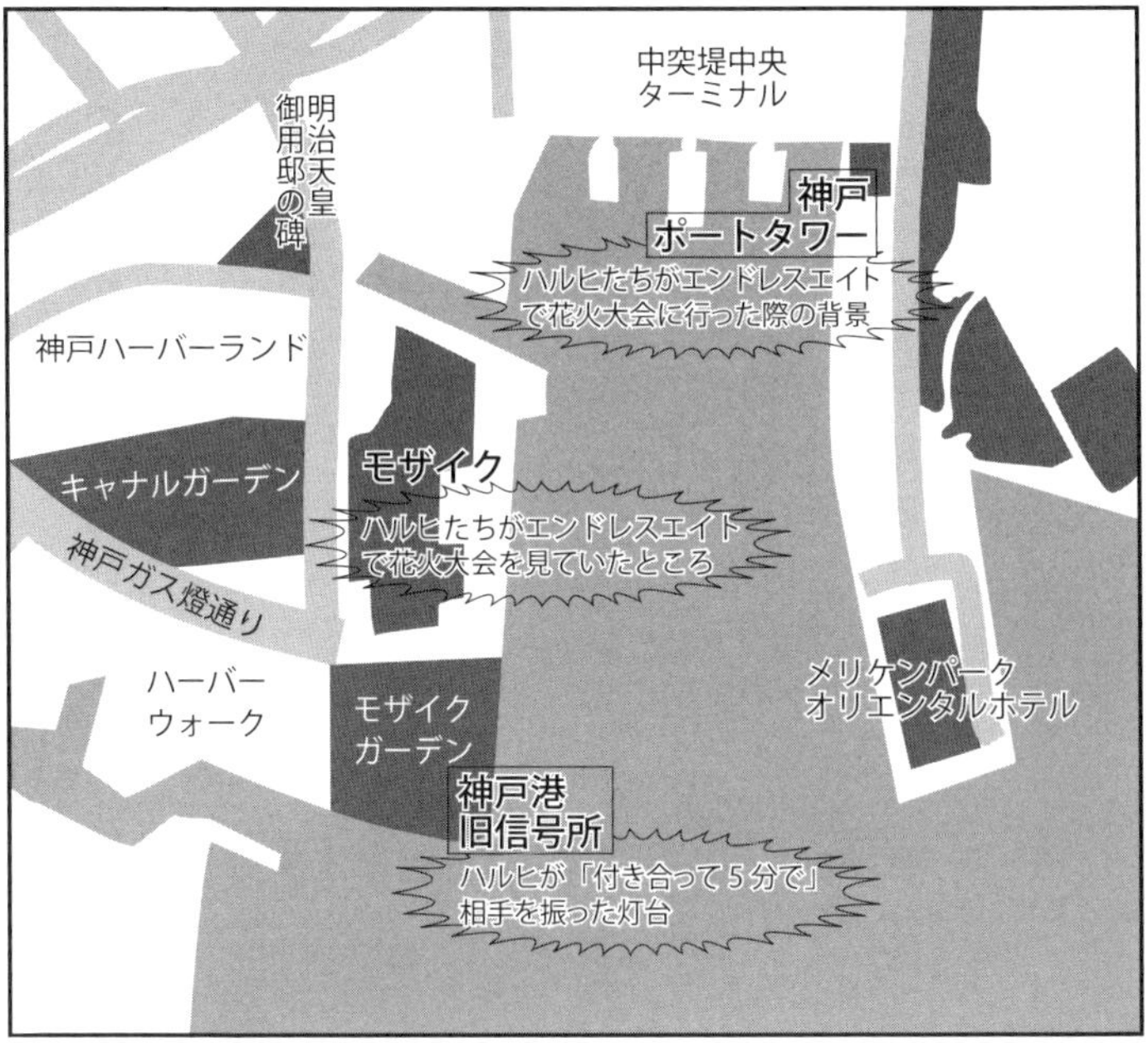

地図4　ハーバーランド地図

には、実在する具体的な阪神間の地名や、電鉄会社名は書かれていない。それらしくもじって、光陽園駅（甲陽園駅）、祝川（夙川）などのように書かれている。これは、小説の中に具体的な地名や社名を書くことによって、作品世界のイメージがリアリズム小説的に、ローカル的に狭められる弊害を避けたのだろう。

5　阪急神戸線沿線の不思議

阪急神戸線の沿線の途中で、明らかに沿線の雰囲気が変わる箇所がある。（路線図2）

まず、大阪梅田駅を発車して、

十三駅から神崎川を渡ると、風景がはっきり変わる。十三から神崎川、園田駅までは、大阪の文化圏の一部と考えていいと思う。ところが、神崎川を越えて塚口駅まで来ると、もう尼崎の土地柄になる。

兵庫県尼崎市は、いまや大阪圏に呑み込まれつつあるが、尼崎という土地は元々、明治以前は一つのれっきとした藩であって、長い歴史を誇っている。だから、尼崎は大阪でもなく神戸でもなく、おそらく阪神間でもない、独自の文化圏だと考えられる。「あまっこ」という独特の尼崎気質というのがあるそうだ。

塚口駅前は、ダイエーなどがあって繁華街だが、少し駅から離れると、庶民的な雰囲気の住宅地となり、大阪の沿線風景とはまたひと味違った感じがする。また、隣りの武庫之荘駅は、お屋敷と民家の入り混じった雰囲気が、阪神間に近い。さらに、武庫川を越えて西宮北口駅にいたると、完全に阪神間の沿線風景になる。

このように、神戸沿線は、大阪の文化圏から、川を越えて阪神間の文化圏へ、最後は神戸の文化圏にいたる、という路線なのだ。では、その沿線文化がどう育まれたか?

これ（写真15）は神崎川の三国橋の上からながめた風景だが、ここは昔、国と国の境であった場所だ。藩と藩、の国境だ。神戸線は、大阪の十三から神崎川を越えて、尼崎の文化圏に入る。尼崎と伊丹は、特に銘酒のふるさとで、江戸時代を通じて、お酒の先端地域だったわけだ。ま

写真15　三国橋

た、近松をはじめ、文化芸術の先端地域でもあった。

大阪という土地柄は、江戸期に天領だった歴史が育んだものだが、隣の尼崎藩は一国一城だった。尼崎の土地柄は、尼崎藩があって尼崎城があって一国一城、という歴史が、豊臣時代からずっと続いた。だから、今でも、尼崎は大阪や阪神間とは一線を画した土地柄が育まれているのだと思う。

尼崎から武庫川を越えて西宮に入ると、これは完全に阪神間のハイカラな文化圏だ。特に阪急神戸線の場合、一番山手を通るので、いわゆる阪神間文化の山手の高級な地域を通る。この辺りは、関西で、いや日本全国でも有数のお金持ちが住んでいそうな地域だ。これは、実は江戸期もそうであったようで、尼崎藩は、いまの阪神間のあたりの土地を幕府にごっそり持っていかれて、それから藩財政が傾いたのだそうだ。

話を阪急沿線に戻すと、阪急の三つの沿線を比べて、やはり神戸線の物語が一番多い。それは沿線がバラエティに富み、物語が生まれやすいからであろう。

第4章　近鉄大阪線　東野圭吾『白夜行』

1　作家・東野圭吾について

東野圭吾について考えるとき、学生運動と作家の関係が浮かび上がってくる。たとえば、村上春樹と宮本輝は、ほぼ同世代で、全共闘運動の真っ最中に大学生になっている。この両者には、一度大学受験で挫折して志望校を下げ、その後作家になっていく、という共通項がある。

東野圭吾の場合、村上春樹や宮本輝より数年後、すでに七〇年代となって、学生運動が下火になった時点で大学進学している。また、受験に失敗した挫折体験とは違った意味での、屈折した受験体験をしている点でも、村上春樹や宮本輝の場合とは事情が異なる。

さて、東野圭吾は、今の日本の作家で一、二を争う売れっ子作家である。昔、長者番付で作家

東野圭吾について

1958年2月4日、大阪府大阪市生野区生まれ。

当時の街が1999年に刊行された『白夜行』の舞台となっているなど、作品には自身の体験が幅広く取り入れられている。

1984年の第30回乱歩賞では、『魔球』が最終候補作にまで残るも落選。翌年1985年に『放課後』で第31回江戸川乱歩賞を受賞し、小説家としてのキャリアをスタートさせる。

1996年に『名探偵の掟』で『このミステリーがすごい！1997』の三位になるなど、にわかに注目を集め、1998年に『秘密』を刊行すると、一気に大ブレイク。同書は映画・ドラマ化されたほか、第52回日本推理作家協会賞（長編部門）を受賞する。

2006年『容疑者Xの献身』で第134回直木賞、第6回本格ミステリ大賞（小説部門）を受賞。

小説『白夜行』について

集英社「小説すばる」1997年1月号から1999年1月号に連載され、1999年8月に刊行され、ベストセラーになったミステリ長篇である。

連作短篇として連載されていたが、単行本では長篇に構成しなおして刊行された。発行部数は2005年11月の時点で55万部程度だったが、ドラマ第一話放送前後に売れ行きが伸び、2006年1月に100万部を突破。2010年12月時点で200万部を超えた。

2005年に舞台化、2006年にテレビドラマ化された。また2009年に韓国で、2011年に日本で映画化されている。


（ウィキペディアより）

のランキングがあり、トップは赤川次郎か西村京太郎か、という感じだった。現在は、作家の長者番付は発表されないが、東野圭吾の場合、本の売り上げだけでなく、人気も間違いなくトップクラスだといえよう。その証拠に、東野圭吾原作の映画やドラマが次々と作られ、ヒットしている。

　東野圭吾の代表作の一つである『白夜行』は、ミステリーとして面白いのはもちろんのこと、作者の生い立ちをかなり反映している点で、見逃せない作品だ。東野は大阪府立大学の出身だが、ちょうど現在、大阪維新の会が主導した大阪都構想の関係で、大阪市立大学と大阪府立大学は統合されようとしている。どちらもそれぞれ伝統のある大学で、大阪府立大の場合、有名な卒業生の中に、東野圭吾の名前も上がっている。

それではまず、東野作品についてみてみよう。東野圭吾は典型的なミステリー作家のパターンを踏襲してデビューした作家だ。しかし、人気が出て来たのは、ミステリーよりも、もっと幅広いエンターテイメント作家として、であるようにみえる。というのも、東野はミステリーの登竜門である江戸川乱歩賞を受賞してデビューしたが、しばらくは、それほど人気がでなかったようだ。デビュー当初は、本格ミステリー的な諸作を次々出していた。その後、SF的な作品や、人情ものっぽい作品も出して、試行錯誤していた時期が続く。

やがて、映画化もされた小説『秘密』で大ブレイクした。『秘密』は、ミステリーよりもむしろ、純文学っぽい、SF的な小説だった。以来、トントン拍子で売れっ子となり、いまや東野圭吾といえばドラマ化原作の常連である。その中でも、『白夜行』は、群を抜いた傑作だといえる。

2　東野圭吾の代表作『白夜行』と近鉄沿線

『白夜行』あらすじ

一九七三年、大阪の廃墟ビルで一人の質屋が殺された。容疑者は次々に浮かぶが、結局、事件は迷宮入りする。被害者の息子・桐原亮司と、「容疑者」の娘・西本雪穂―暗い眼をした少年と、並外れて美しい少女は、その後、全く別々の道を歩んで行く。二人の周囲に見え隠れする、幾つもの恐るべき犯罪。だが、何も「証拠」はない。そして十九年……。息詰まる精緻な構成と、叙事詩的スケール。心を失った人間の悲劇を描く、傑作ミステリー長篇。

（「ＢＯＯＫ」データベースより引用）

このように、『白夜行』は本格ミステリーというより、社会派ミステリーのような作品だと思える。長年執拗に捜査し続ける刑事の視点で、主人公たちと社会の問題が解き明かされていく、という流れになっている。

その一方で、『白夜行』には、本書のテーマである「沿線文学」の要素も、非常に色濃く含まれている。『白夜行』で、実際の地名が出てくる部分に注目してみよう。

まず彼は、布施駅前商店街にある『ハーモニー』というケーキ屋に立ち寄っていた。このケーキ屋はチェーン店である。彼はそこで、「フルーツがたくさん載ったプリンはないか」と店員に訊いている。おそらく、プリン・アラモードのことであろうと思われた。この

『ハーモニー』の名物が、それだったのである。

（東野圭吾『白夜行』より）

このように、非常にローカル色の強い描写が出てくるところが面白い。もっとも、社会派ミステリーの場合、たいていは純文学より風景描写がリアルだといえる。そもそもミステリーは、フィクションだということが大前提だから、その分、いかに読者がリアルさを感じられるか、が勝負だからだ。だから、ミステリー小説は、地名など、細部にわたって取材し、見て来たかのように書くことが多い。東野圭吾はミステリー作家の中でも特に筆の立つ作家で、リアリティを出すのが実にうまい。『白夜行』の場合は、自分の育った町なので、なおさら筆が冴えたのだろうとも考えられる。

ところで、近鉄大阪線布施駅だが、駅前の商店街に、『白夜行』に出てくるケーキ屋ハーモニーのモデルとおぼしき店があった。この実際のケーキ屋は、もちろん小説の中のケーキ屋ハーモニーそのままではないが、位置的にも、モデルであろうと思われる。これは、当時よくあったケーキのチェーン店、タカラブネであろう。この店は、現在も布施駅前の商店街にある。名物のプリンアラモードというのは、作者のフィクションだと思われるが、タカラブネのプリンは、当時から有名だった。このように、小説の中で、事件の重要な証拠となったケーキ屋のモデルが、タカラブネだというのは、沿線文学のリアリティのよい例だと思う。（路線図3）

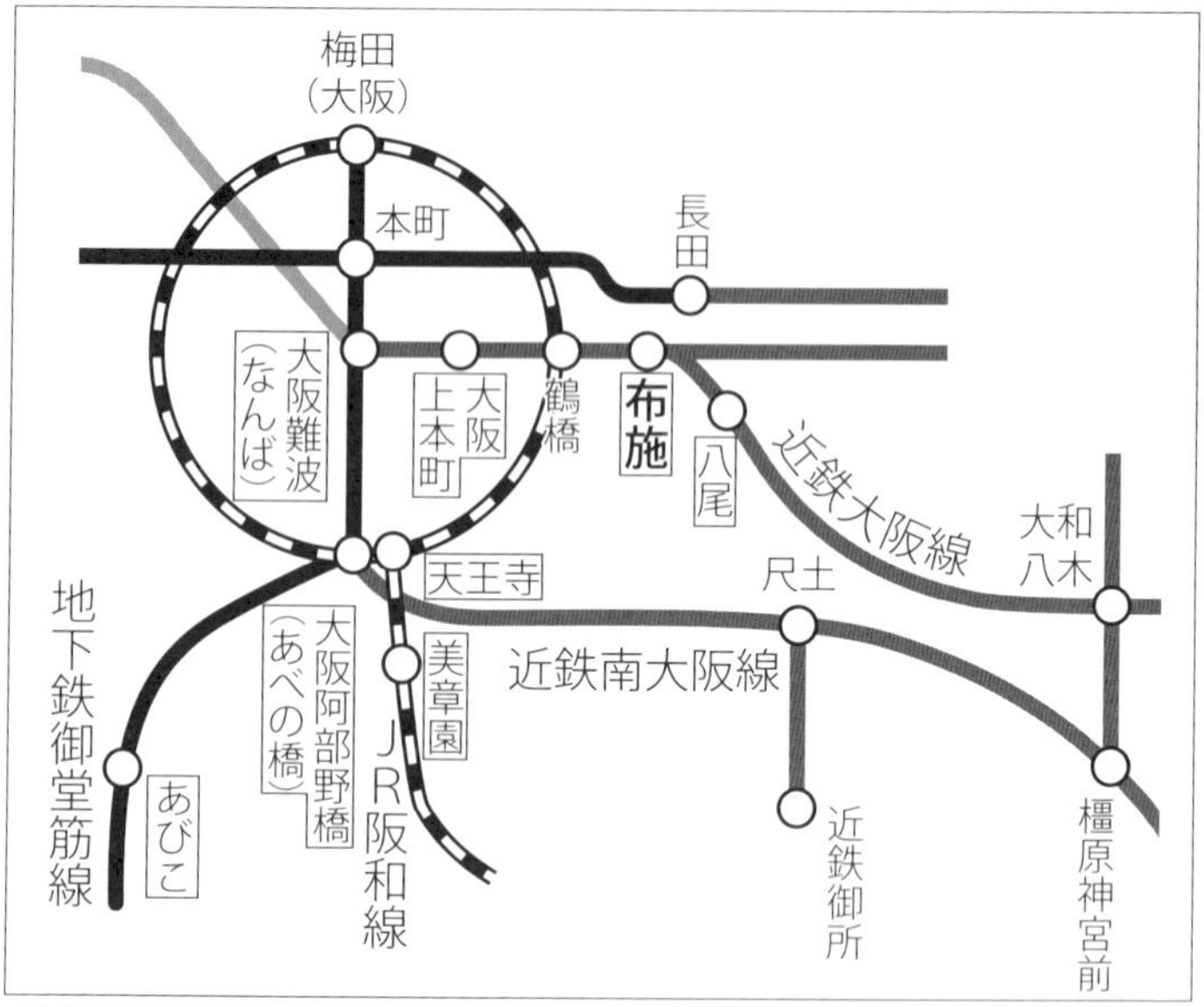

路線図３　近鉄路線図

　また、『白夜行』には、別の箇所にも、沿線文学の特徴が現れている。

　進展のないまま月が変わった。泊まり込みの多かった捜査員たちも、ちらほらと家に帰るようになった。笹垣も久しぶりに自宅の風呂に浸かった。彼は近鉄八尾駅前のアパートで妻と二人暮らしをしていた。（東野圭吾『白夜行』より）

『白夜行』の主役の一人であるこの刑事も、近鉄沿線の地元の住人だ。この辺りにも、沿線文学のリアリティが醸し出されている。近鉄大阪線八尾駅前は、いまでは立派な巨大商業施設があるが、七〇年代の八尾駅前は、もっとシンプルな駅前だっただろう。八尾駅界隈に住む刑事の夫婦、というのが、近鉄沿線の、ちょっと寂れた雰囲気で、リアリティを感じさせる。刑事だから、そんなに上等なところには住んでいないけど、足場のいいアパートに住む、というような、この土地のリアリティがあるのだ。

3 『白夜行』と、舞台となった沿線のステップアップ

その後、『白夜行』の物語は、主役の子どもたちが一〇代になっていくのだが、主役の一人、園村友彦が通う集文館高校というのは、作者の出身校がモデルではないかと思われる。まるで、作者の生い立ちそのままのような部分が、作中に描かれているのだ。

園村友彦が通う集文館高校には、制服というものがなかった。大学での学園紛争が盛んだった頃、この高校に通う友彦たちの先輩が制服撤廃の運動を起こし、見事にそれを実現させたからだ。一応昔ながらの学生服を標準服としているが、それを着て登校する者は二割にも満たなかった。特に、二年生になると、殆どの者が自分のお気に入りの洋服を身につけてくる。また髪にパーマをかけることは禁止されているが、その校則に縛られて我慢している者

は全くといっていいほどいなかった。女子の化粧にしても同様だ。だから、ファッション雑誌のモデルの姿をそのままコピーしたような格好の女子生徒が、化粧品の匂いをぷんぷんさせながら席についているという図になるわけだが、授業の邪魔をしないかぎり、教師たちも見て見ぬふりをしていた。
（東野圭吾『白夜行』より）

このエピソードは、学生運動の頃の典型的な、高校の制服自由化の話なのだ。この高校は、作者の母校の大阪府立阪南高校そのままだといえる。このことは、作者がエッセイで、全く同じエピソードを書いているので明らかだ。

また、主人公の少年・友彦が、国鉄阪和線の美章園駅近くに住んでいるというのは、大阪市内の土地柄という点で、実にありそうなイメージだ。

友彦の家は国鉄阪和線の美章園駅のそばにあった。小さな商店街を抜けた、最初の角に建っている。木造二階建ての平均的日本家屋だ。
（東野圭吾『白夜行』より）

国鉄阪和線美章園駅近くに住み、国鉄天王寺駅で乗り換えて、大阪市営地下鉄であびこ駅まで出て、大阪府立阪南高校に通う、というような、当時の大阪市内の高校通学事情のリアリティ

写真16　阪和線沿線の風景

が、実に見事に描かれている。（写真16）

この小説の事件は、まず近鉄大阪線沿線で起こり、その後、物語の舞台は大阪市内にうつる。つまり、事件現場から主人公の子どもたちが遠ざかっていく、ということだ。ヒロインの女子、唐沢雪穂も近鉄大阪線沿線を離れて、同じ大阪でも北摂の、豊中市内の女子大に通っていることになっている。

精華女子大学は豊中市にある。学舎は、古い屋敷などが残る住宅地の中に建てられていた。
（東野圭吾『白夜行』より）

彼女が住んでいる豊中市というのは、大阪府の北摂地域でも指折りの高級住宅地があり、いかにもこのような女子大がありそうである。け

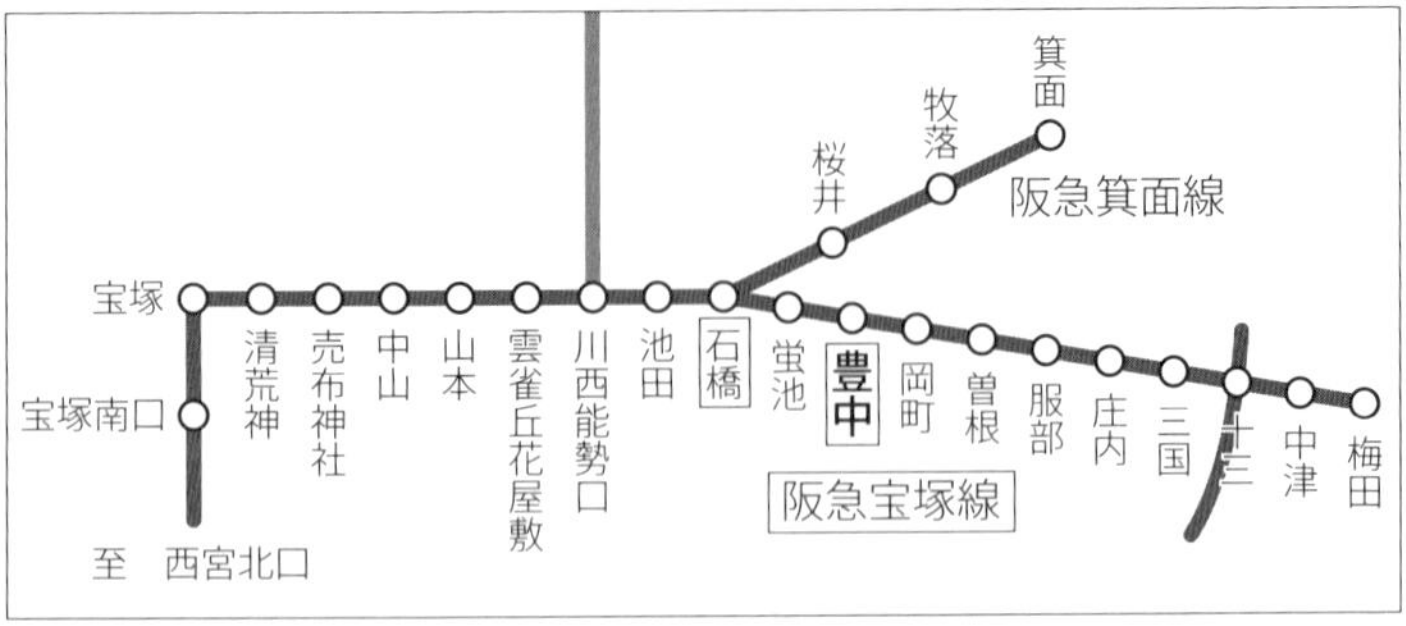

路線図４　阪急路線図

れど、実際の豊中市には、小説に出てきたままのモデルの女子大は、残念ながらない。筆者は、この女子大のモデルは、おそらく、豊中市内に附属の中学高校を持つ梅花女子大学と、隣の吹田市にある金蘭短大（当時）をミックスしたもの、ではなかろうか、と考えている。（路線図４）

ヒロイン・雪穂は、貧しい生まれ育ちから脱出し、富裕な家の養女となって、お嬢さん学校の高校に通い、そこから豊中市内の女子大に進学した、というイメージで、小説の中での人物像が形成されている。小説の最初に起こった事件の関係者の子どもたち、この男女が、だんだん人生行路の中で別々の道に別れていくのだが、やがて、二人の道がどうつながってくるか。そこがこの小説の読み応えのある部分だ。

ところで、この小説の主な舞台の一つである近鉄沿線についてだが、作者の母校、大阪府立阪南高校は、実はこの沿線ではない。阪南高校は、昔は学生運動が盛んだったことが知られていて、卒業式妨害事件が有名である。

同日、阪南高校では、「阪南高校反戦会議」が校舎を封鎖し、校長室や事務室を占拠した。窓ガラス、スピーカー、電話機などが破壊された。同校の卒業式を妨害した際に、住居侵入、暴力行為、器物破損の容疑がかけられた活動家のなかに府立市岡高校二年の谷口廣之がいた。

（小林哲夫著『高校紛争１９６９―１９７０「闘争」の歴史と証言』より）

近鉄の沿線は、路線が非常に広範囲なので、それぞれの路線ごとにイメージがかなり異なる。奈良線と大阪線は、途中まで乗り入れていて、街中を走る点でも、沿線の感じは共通している。始発駅が、奈良線は難波駅、大阪線は上本町駅、というのがまぎらわしく、筆者などはよく乗り間違えてしまう。

また、阪急沿線に住む者にとって、近鉄の特急は別料金なので、グレードが上のイメージがある。特急が別料金なのは南海も同じで、いずれも、旅行や観光で乗るという印象が強い。一方、阪急や阪神は、特急料金がないので、特急も日常の足というイメージだ。

さて、作品に話を戻すが、東野圭吾の作品中、『白夜行』はおそらく代表作だといえよう。その続編と目される『幻夜』も、大きなテーマを描き、なんと阪神淡路大震災そのものをトリックにつかうという、大作ミステリーだ。もっとも、作者自身は、インタビューで『幻夜』を『白夜行』の続編とは認めていない。

どちらから読んでもらってもいいのですが、両方読めば両方読んだなりの面白さがあると思います。ただ『白夜行』の〝続編〟にはしたくなかったので、『幻夜』を書くとき、そこは苦労しました。ズバリ書いてしまうのは無粋。両方を読んだ人同士でいろいろ想像して盛り上がってくれればいいな、と思っています。

（東野圭吾インタビュー（http://www.s-woman.net/higashino/01_frame.html）より）

「ずばり書くのは無粋」と述べているが、おそらく、『幻夜』は『白夜行』の続編である、と明記する方が、より多く売れるはずだ。けれど、そこをあえて「無粋だ」というところに、東野圭吾のセンスのよさを感じる。

また、『白夜行』のヒロイン・雪穂は、東野作品の中でも屈指の存在感を誇っている。そのため、『白夜行』の映像化のたびに、雪穂役を演じる女優のことが話題になるほどである。

Q：ドラマ化する事を聞いた時の印象

出来るわけないだろうって思いました。この作品に関しては映像化の話を何回聞いてもほとんど本気にしなくて、また言ってるなぁというぐらいでした。

（中略）

Q：山田さんと綾瀬さんの印象、二人へのアドバイス

最初は思っていたよりもお若い方になってしまったので、ちょっと大丈夫かなと思ったんですけど、学生の時から演じなければいけないからある程度若い方の方がいいですよね。結局、読んだ人の数だけ亮司と雪穂という人がいるわけだから、最大公約数を目指したってしょうがないと思うんです。皆さんが思い描く亮司や雪穂の平均値をやったってしょうがない。

それよりも、自分にとっての亮司、雪穂はこうであるというものを見つけてもらって、信じて演じてもらえたらそれでいいと思います。

当たり前ですが、ほとんどの人が殺人者になった事はないんですよね。そういう人達が作るという事は想像力が必要ではあると思いますが、でも、世界でただ一人の殺人者でいいと思いますよ。

Q：東野さんにとって亮司と雪穂はどんな存在ですか？

雪穂は、僕の中では憧れとして書いていて、僕にとっての理想の女性ですね。亮司は、僕

にとっての理想の生き方なんですよ。おかしい話なんですけど、どういう事かと言うと、亮司は見返りを求めないでただひたすら献身することが喜びだし、それしか生きる方向性がないんですよね。他に何も思いつかないんですよ。ただあの二人がなぜ強いかと言うと、他にもう生きる道がなくて、迷いがないからなんです。迷いのない人間は強いんです。

（東野圭吾インタビュー（http://www.tbs.co.jp/byakuyakou/inter1_1.html）より）

4 『白夜行』と作者の出身校の関係

さて、『白夜行』は、作者自身の生い立ちや十代のころの体験が、作品に色濃く反映されている部分があるが、特に、高校や大学のことを巧みに作品に織り込んでいる。

僕が入学したF高校は、二つのことで有名だった。一つは、日本で最初に学園紛争を行った高校だということだ。大学ならともかく、高校となると、紛争があったということ自体が珍しい。しかも本格的にバリケードなどを作って、生徒が籠城したというのだから楽しいではないか。

（東野圭吾『あの頃ぼくらはアホでした』より）

東野圭吾の母校、阪南高校について

昭和44年（1969年）2月25日、高校卒業式でゲバ。
大阪府立高校の卒業式で紛争が続出。
大阪市住吉区の阪南高校では、反戦高協30人がヘルメットにゲバ棒姿で校門をバリケード封鎖、反戦デモに加わった生徒の退学取り消しを求めたもの。卒業式は延期となった。
大阪市東淀川区の高校では卒業生代表が自主答辞をした。
茨木市の茨木高校では深夜からヘルメットの高校生二八人が体育館を封鎖。校内放送だけで卒業式を行った。

（ウィキペディアより）

このように、大阪府立阪南高校は、日本で最初の学園紛争の高校だと、東野圭吾自身は述べている。しかし、これはどうやら、作者の勘違いであるようだ。

山崎が在学していたころの大手前高校は、六九年の高校紛争の原型ともいうべき出来事がいくつか起こっていた。もっとも、バリケード封鎖、逮捕、退学処分などはなく、紛争として報道されたようなニュースはない。

（中略）

こうした運動を担っていたのが、岩脇正人、佐々木幹郎（詩人）などだった。彼らのまわりには三田誠広（作家。一九七七年、芥川賞受賞）、山崎博昭がいつもいた。

（中略）

一九六七年十月九日、山崎博昭が死亡した翌日、大手前高校は文化祭の最中だったが、五〇〇人が集まって追悼集会を行った。三田も途中まで加わっている。十二日には、大手前高校の卒業生、在校生二五〇人が扇町公園から大阪駅まで追悼デモを行った。

（小林哲夫著『高校紛争　１９６９―１９７０「闘争」の歴史と証言』より）

ところで、阪南高校の現在の様子について、本書の元となった講座の受講者が、次のような話を聞かせてくれた。その人のお子さんが阪南高校の出身で、校長室には東野圭吾作品がずらりと並んでいたという。しかし、講演に東野圭吾を呼ぶのは、さすがにお金がかかるので無理だったという。今の阪南高校の保護者には、服装自由化の伝説などあまり伝わっていなくて、普段は私服、行事では標準服着用、なのだということだ。

まず彼は喫茶店にいりびたることを覚えた。それによってコーヒー代が必要になった。次に、そこで煙草を吸うことを学んだ。必然的に、煙草代が財布から消えていくようになった。Ｆ高校は私服通学なので、高校のバッジさえ外しておけば、補導員に目をつけられる心配がなかったのである。

しかもＫ少年が高校から自宅まで帰るには、天王寺、難波という、大阪でも屈指の繁華街を通過せねばならなかった。

（東野圭吾『あの頃ぼくらはアホでした』より）

このように、近鉄大阪沿線での少年時代から、大阪市内の高校にいたる青春の体験を、『白夜行』に盛り込んでいるということは、やはりこの作品に対する作者の力の入り方が違うといえよう。

この『白夜行』という作品は、構成としては、冒険小説の典型であるといえる。それは、冒険もの、復讐もの、の基本形で書かれているからだ。古くは、デュマの『モンテクリスト伯』、ユゴーの『レ・ミゼラブル』、そして純文学でもスタンダールの『赤と黒』などが、典型的な復讐ものとして有名だ。

作者が意識したかどうかは、わからないが、自身の育った故郷を舞台に選んだことで、『白夜行』は、復讐ものの定型にはまったのではないだろうか。それは、大阪の土地の持つ独特のヒエラルキーへのルサンチマンが、物語内に感じられるからだ。最初は近鉄沿線から始まり、大阪市内から北摂へ、そして東京へ、と上り詰めて行くヒロイン・雪穂の姿は、大阪生まれのヒエラルキー上昇志向の見事な典型なのだ。

ただ僕たちの場合、大阪F大より下の国公立大学が地元では見当たらないだけに、ランクを下げろといわれても困るのだった。

（中略）

僕は家に帰って両親に話してみた。二人は大賛成した。「早稲田、慶応なら、受験したというだけでも聞こえがいい」というのがその理由だった。

（中略）

そして受験に突入である。まずトライしたのは、西宮にあるアメリカンフットボールで有名なK学院大学だ。

（東野圭吾『あの頃ぼくらはアホでした』より）

東野圭吾の場合は、受験の挫折体験というより、理系志望であるために、大阪府立大学に行くしか選択肢がなかったように受け取れる。経済的事情で国公立を選び、理系では最低ランクだが、地元で進学するならここ、というわけだろう。それでも、早慶を「記念受験」しようとしたり、関西学院にもチャレンジしているのは、当時の大阪の下町から進学する先として、ヒエラルキーのステップアップを目指す先がどのようなイメージだったか、がうかがえて、興味深い。

そのヒエラルキー上昇物語は、『白夜行』の中に巧みに取り入れられている。ヒロインがステップアップしていく中で起こる悲劇、というミステリーの常道が描かれている。ヒロインの愛読書が『風と共に去りぬ』であるのは、ちょっと典型的すぎるかもしれないが。

Q：物語の小道具として登場する『風と共に去りぬ』。東野さんはお好きなのだろうか？

> スカーレット・オハラが好きなんです。なんで新海美冬のキャラクターが生まれたかというと、たぶんスカーレット・オハラを書きたいから。少しタイプは違うけど、イメージはかなりダブってますね。スカーレット・オハラはもともとちゃんとした家に生まれてるけど落ちぶれて、男をたらしこんだりしながら這い上がっていく。品はないけど、でもカッコいいなぁ、と僕なんかは思うんです。『風と共に去りぬ』は、物語の中でもキーワードになっています。
>
> （東野圭吾インタビュー（http://www.s-woman.net/higashino/01_frame.html）より）

雪穂の進学先が、大阪市内からお嬢さん学校へ、というのは、非常にわかりやすいイメージだ。実際には、雪穂の通った女子大は豊中市内にないが、先に述べたように、梅花女子大プラス金蘭短大がモデルだろう。梅花中学・高校は豊中市内のお嬢さん学校の定番で、梅花女子大の方は、茨木市の山の中にある。しかし、それでは土地柄として作品にふさわしくないから、おそらく豊中市内に女子大もあるように設定を変えたのだろう。また、女子大生の雪穂がサークル活動で、いかにもボンボンのイメージの学生をつかまえるのは、同じ豊中市内にあり、阪急宝塚線の石橋駅がもよりである、大阪大学のサークルがモデルだろう。

やがて、雪穂は上京し、南青山でアクセサリー店をまかされる。これは、上昇志向の女性にとって、成功のひとつの典型だといえる。その間、子どものころの事件が、ずっとついて回るのだが、その犯罪の結末は？　というのが、この物語の骨子となる。そこは、ネタバレになってはいけないので、述べないが、事件を追う刑事は、昔の近鉄八尾駅前からずっと、事件を執拗に調べ続けて、東京までヒロインを追いかけてくる。

物語の最後、雪穂は二店目を心斎橋に開店することになる。しかし、なぜ心斎橋に、なのか？　今なら、常識的に、南青山に一店目があれば、その次は大阪に出店、とはならないだろう。それとも、この作品の当時の感覚では、それで正解だったのだろうか？

だが、これは、おそらく、ヒロインが故郷に錦を飾るための設定だろうと思える。作者は、雪穂の心情に寄り添って、そういう無理のある設定をあえてしたのだと思えるのだ。このヒロインが、当時のヒエラルキーからくるルサンチマンを、上昇志向で乗り越えていき、最後は故郷に、勝者として帰還する、そういう物語を、東野圭吾は自身の生まれ育ちに重ねて、描いたのではあるまいか。

東野圭吾は、『白夜行』など社会派ミステリー的な作品や、ドラマ化で人気の『探偵ガリレオ』シリーズ、『新参者』シリーズといった、人情警察ものが、なんといっても魅力的だ。本格ミステリーのように謎解き中心ではなく、あくまでも物語メインのエンターテイメント作品が本領だといえる。そういう作者だからこそ、生まれ故郷の近鉄沿線の雰囲気を巧みに取り込んだ、沿線文学としてのミステリー小説を、見事に描いたのだといえよう。

第5章　ＪＲ大阪環状線　万城目学『プリンセス・トヨトミ』

1　万城目学と『プリンセス・トヨトミ』

万城目学は、読者層が分かれる作家だと思う。これは、万城目学だけでなく、近年の文学作品の読まれ方の特徴として、読者の好き嫌いがはっきりと分かれる傾向がある。よく売れている作家の場合でも、特定の読者層に強く支持されている、という場合がほとんどだ。万人に広く読まれている作家、というのは、国民作家といわれた司馬遼太郎なき今、東野圭吾など、ほんの一握りだろう。

万城目学の場合も、熱烈な読者で新刊が出たらすぐに買って読むという人と、へたをすると作者名の読みがわからない、という場合もあり得るぐらいだ。実は、筆者も、最初は「まんじょ

万城目学について

清風南海高等学校卒業後、一浪ののち京都大学法学部に入学。2006年に第4回ボイルドエッグズ新人賞を受賞した『鴨川ホルモー』でデビュー。同書は『本の雑誌』で2006年エンターテインメント1位に。

第2作『鹿男あをによし』は第137回直木三十五賞候補となる。

2009年、『プリンセス・トヨトミ』で第141回直木賞候補。

2009年度咲くやこの花賞受賞。

2010年、『かのこちゃんとマドレーヌ夫人』で第143回直木賞候補。

（ウィキペディアより）


うめ」さんだと勘違いしていた。これは、映画化もされたマンガ『二〇世紀少年』に「まんじょうめ」という人物がでてくるから、同じ名前かと思いこんでいたのだ。大変申し訳ない。

なぜそうなるのか？　例えば、かつては、小説の読者ならば芥川賞や直木賞の作家や作品はだいたい読む、というような、共通の読書体験があった。読書好きの人なら、みんなが共通に読んでいる作品、というのがあった。近年は、そういうものがどんどんなくなってきている。ちなみに、今では、前回の芥川賞受賞作品でも、そのタイトルや、ましてや作家名をいえる人は意外と少ないかもしれない。

ところで、万城目学のエッセイを読むと、作者が大阪出身で、代表作の一つである『プリンセス・トヨトミ』を、故郷への思い入れをもって書いているのがわかる。

プリンセス・トヨトミについて

Q：デビュー作が京都、二作目が奈良、『プリンセス・トヨトミ』が、大阪。まとめて「関西三部作」と呼ぶ声もあります。この大阪を舞台にした作品の着想はどんなものだったのでしょうか。

万城目：最初の最初は日本の歴史に謎解きを絡めたいというのと、人情味溢れる物語を書きたいというのがあって、それらを組み合わせて考えることができたのが大阪だったんです。一般市民が実はとんでもないことを、超人的なやりかたでなく、毎日の生活の中で昔から綿々と守り続けていることがあるんじゃないかと。そこにピンチが起きたとき、Aが何かをしたらBがそれを見てあることをする。誰もが声には出さないんだけれど、連鎖的にものごとが運んでいって「守る」行動が連鎖的に発生する、というイメージだけは初めからありましたね。

Q：やっぱり、大阪の人は東京が嫌いなんですね。

万城目：徳川に関しては、僕は子供のころ、悪いイメージを持っていましたけれど、人とそんなに話したことはありません。だけど、大阪人の東京嫌いの根底には少なからずそれがあると思いますよ。

Q：主要登場人物の一人、中学二年生の真田大輔の両親が営むお好み焼き屋のことですね。大阪でお好み焼きは、はずせないアイテムだと思いました。

万城目：たこ焼き屋とか、お好み焼き屋とかを出すのはどうかなとは思ったんです。あまりに「大阪」すぎて。でも、まあ、これくらいはいいかなと。

（万城目学インタビュー（文藝春秋「本の話ｗｅｂ」より））

このように、万城目学は、小説を書くにあたり、巧みに作戦を立てているな、と思わせる。まず、デビュー作の『鴨川ホルモー』は、映画化もされたが、作者自身の出身大学である京大を舞台に、なんとなくありそうで現実にはありえないような、奇想天外な青春ものを描いている。次の『鹿男あをによし』は、奈良が舞台だ。次の『プリンセス・トヨトミ』はもちろん、大阪を舞台に、そして近作の『偉大なる、しゅららぼん』は、意表をついて滋賀県が舞台、というように、まるで、近畿観光めぐり小説、といった塩梅なのだ。

さらに、この作家のつけるタイトルはいつも凝っていて、まずタイトルで読者をひきつける。京都、奈良、大阪、滋賀、ときて、次はやっぱり和歌山かな？　神戸かな？　などと、読者をおもしろがらせる辺り、にくいばかりに巧みな作戦勝ちだと思うのだ。むろん、それだけでなく、小説の内容そのものも、一作一作、入念に工夫されていて、一旦読み出すと、ぐいぐいと読者を引っ張って、最後まで飽きさせない。

2　『プリンセス・トヨトミ』と大阪の町

さて、本題の『プリンセス・トヨトミ』についてである。

この小説は、会計検査院の職員が三人、大阪に調査に来て、謎の地下王国を発見する、というような、ちょっと不思議な物語だ。ちなみに、小説の場合と映画版とでは、長身とチビのでこぼここンビの男女の設定が逆になっている。おそらく、映画では、ヒロインの綾瀬はるかを目立たせたかったからだろう。

映画を観ればすぐわかるように、これはまるで大阪観光案内のような作品だ。観光地のメインは、もちろん大阪城である。ところが、意外なことに、大阪城の地下になにか謎があるらしい、という物語が、ミステリータッチで描かれていく。（写真17）

小説版も、映画版も、作品の舞台は大阪城近辺だが、さらに、空掘商店街という、昔からの町家が焼け残っている地域も主な場所となる。空掘商店街は、直木賞で知られた作家・直木三十五ゆかりの土地でもある。昔ながらの大阪の風情が、よく保存されている場所なのだ。

映画版では、道頓堀や通天閣など、誰もが知っている大阪の観光名所を印象的に描いている。これらの大阪の観光名所は、ＪＲの大阪環状線と、大阪市営地下鉄の沿線にある。観光客が、こ

写真17　大阪城

れらの大阪観光名所をまわるとき、環状線か地下鉄で移動するのが、最も便利だ。大阪市内の鉄道網の充実ぶりも、実感できるだろう。『プリンセス・トヨトミ』の作品世界では、土地が観光客目線で描かれるので、電車の移動が効果的に描かれている、といえるのだ。

ところが、実際は、大阪市内の住人にとってはそうとばかりも言い切れないところが、また面白い。万城目学は、『プリンセス・トヨトミ』のあとがきにも書いているが、市内の住民は、電車で移動する前に自転車で移動することが多い。そのことは、筆者自身、子どもの頃の体験で身をもって理解している。というのも、大阪市内に自分の父親の仕事場があった関係で、子どもの頃から大阪市内の距離感をよく知っているからだ。大阪市内は、基本的に土地が平坦なので、自転車でどこでも行けてしまう。そういうリアルな土地の空気を、作者はうまく小説世界に取り込んでいく。

3　『プリンセス・トヨトミ』とＪＲ環状線、大阪市営地下鉄沿線

さて、この小説は沿線文学、あるいは観光文学ともいえるが、その主なルートは、ＪＲ環状線と大阪市営地下鉄の沿線である。観光ルートとして考えると、大阪城のある上町台地がメインの舞台で、その外側を回っているのがＪＲ環状線、その内側を網目状に走っているのが大阪市営地下鉄、という位置関係である。ＪＲ環状線と大阪市営地下鉄は、主要駅で乗り換え可能で、うまく組合わさってどこでも移動できる位置関係になっている。大阪城というのは、城下町としての大阪の町の中心なので、観光的にも、また都市計画的にも、中心点となっている。

『プリンセス・トヨトミ』は、一見、豊臣家滅亡の謎を下敷きにした、よくある歴史ミステリーのようにみえる。これは、歴史好きの人にはおなじみのお話だ。大坂夏の陣で最後、淀殿と秀頼が、蔵に立てこもって、火を放って自害するのが史実だが、実は秘密の抜け穴から脱出したのだ、という伝説がある。その根拠というか、伝説が成り立つのは、二人の遺体がない、という点だ。だいたい、歴史ミステリーで、脱出伝説というのは、遺体がない人物の場合に多い。たと

えば、安徳天皇、源義経、織田信長、そして豊臣秀頼もそうである。豊臣秀頼も、あちこちに、その墓と称する場所がある。

『プリンセス・トヨトミ』も、大坂夏の陣のとき秀頼は逃げ延びたのだ、という伝説をもとに作られている。この小説でポイントになるのは、武将・真田幸村の存在だ。大阪城周辺には、古来有名な、大坂の陣の際の真田幸村の抜け穴が何本も実在する。この小説でも、幸村の抜け穴伝説をうまく使って、ほんとらしく描いている。中でも、作者の通った小学校に秀頼の抜け道があった、ということだ。

十年ほど前に校舎が取り壊されてしまい、今となっては確かめようのない話なのだが、私の通っていた小学校に「秀頼の抜け道」というものがあった。
下駄箱がずらりと並ぶ昇降口のすぐそばに、地下へと続く階段があり、生徒はそこへの立ち入りを固く禁じられていた。
（万城目学『プリンセス・トヨトミ』あとがきより）

小学校の場所が大阪城の外濠のすぐ外側で、そういう伝説が生まれてもおかしくない位置にあったわけだ。実在する幸村の抜け穴とは別に、その小学校にも秀頼の抜け穴伝説があった、ということだ。この小説の中でも、抜け穴伝説が大きな役割を果たし、真田家の子孫と称する家が出てくる。真田幸村は、戦国武将の中でも特に人気の高い人物で、ゲームのキャラクターや、アニメのキャラクターとしても人気がある。その真田家の子孫が、なんと大阪城近辺の、空掘商店街に住んでいる、というのが、この小説の大きなポイントとなるのだ。

この物語の舞台としてでてくる空掘商店街は、太平洋戦争時の大阪空襲でも焼けなかったため、昔ながらの町家が多く残っている。この商店街には、地下鉄谷町六丁目、あるいは松屋町筋からも近い。映画では、その中にお好み焼き屋があることになっているが、この店は実在するモデルがある。

つまり、かなりディープな大阪ロケを、映画版では行っていたようだ。

小説としては、なんでもない下町の商店街と、歴史の謎に満ちた大阪城の地下王国、との奇想天外な結びつきが面白い。

そのほか、小説にも映画版にも、大阪の観光名所が多数でてくる。その多くが、ＪＲ環状線と大阪市営地下鉄の沿線だ。空掘商店街は地下鉄から、大阪城は環状線からも、地下鉄からも行ける。通天閣もまた、環状線からも地下鉄からも、どちらからでも行ける。

このように改めて位置関係をみてみると、大阪市内の観光名所は、沿線というよりも、ポイントとポイントを電車でつないでいる、という位置関係なのだ。そうなると、実のところ、ほとんど、沿線文学という言葉が当てはまらない、ということになってしまうかもしれない。沿線というのは、路線にそってポイントがある。しかし、大阪市内の場合は、まず名所があって、その間を路線がつないでいる、という形になっている。

大阪を代表する道頓堀の風景も、小説ではそうでもないが、映画版では非常に印象的に描かれていた。道頓堀の歌舞伎船乗り込みが、大阪の夏の風物詩となっているように、道頓堀は江戸期以来の盛り場だ。その大阪一の繁華街・道頓堀が、映画版では、クライマックスの大阪国独立の場面の前ぶれで、人っ子一人いなくなるという印象的なシーンの背景に使われているのだ。

4 『プリンセス・トヨトミ』と大阪の魅力

映画版では出てこないが、小説では、作者が非常に力を入れて書いている大阪の場所がある。それは南海電鉄浜寺公園駅の駅舎だ。この駅舎は、有名な建築家、辰野金吾の作った近代建築の傑作で、小説の中では、重要な手がかりとして使われる。（地図5）

Q：今回、この小説を書かれるにあたり、何か大阪再発見のようなことはありましたか。

万城目：近代建築、例えば明治の代表的な建築家・辰野金吾が設計した中央公会堂や浜寺公園駅などがたくさん残っているのには驚きました。知らない一面でしたね。

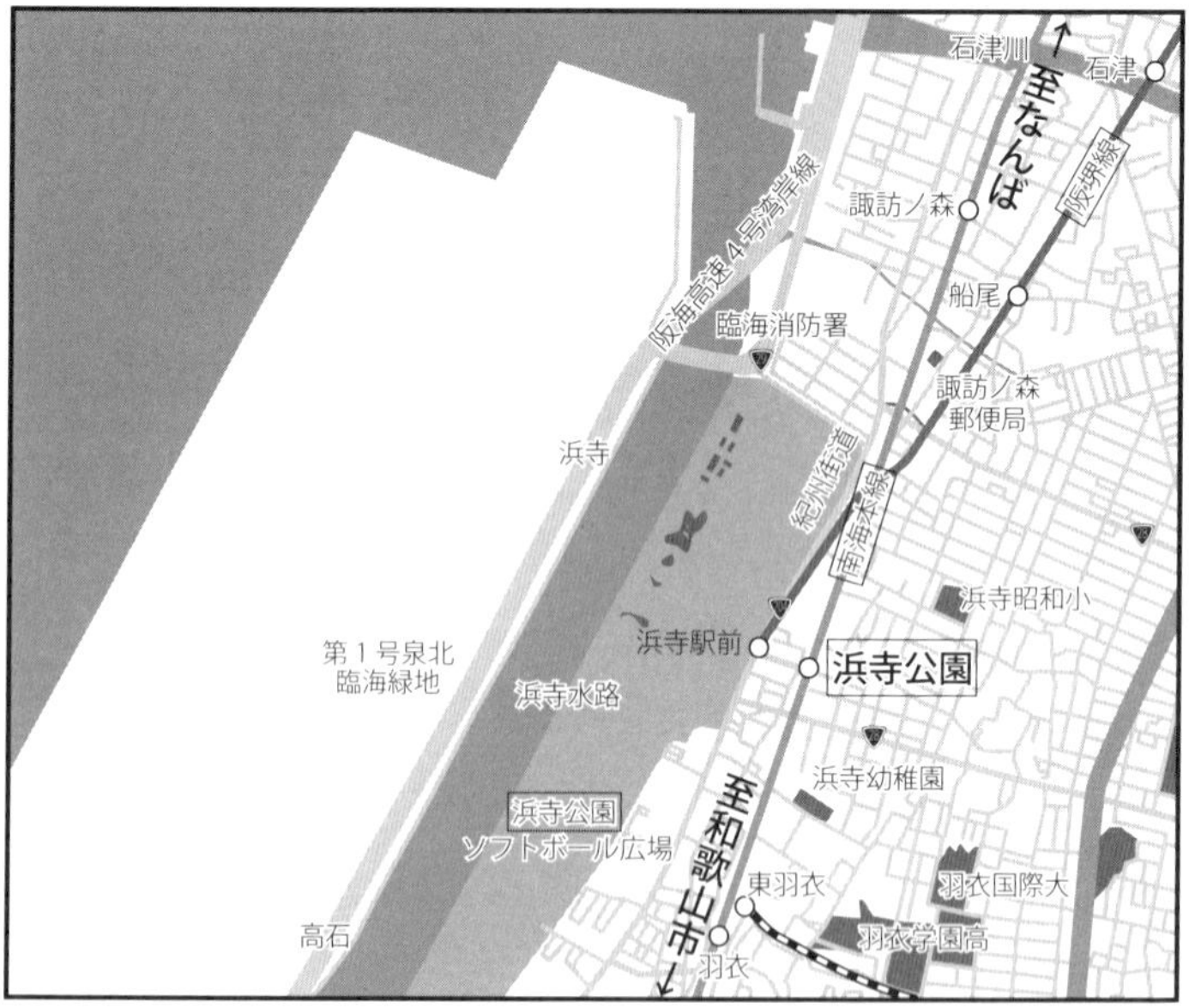

地図5　浜寺公園駅

Q：ひとつ特徴的だと思ったのが大阪弁の使い方です。笑いを誘うシーンはもっぱら会計検査院のパートで、大阪が舞台の橋場茶子と大輔の部分には、大阪弁で会話をしながらもいわゆるベタなボケと突っ込みのシーンはありません。

万城目：大阪を書くに当たっては、なるべく、いわゆる「吉本」が築き上げたイメージに乗っからない方向にしようと努力したんです。マスコミや、テレビのバラエティで強く出されている大阪色に染まらないように。それでうまく大阪の雰囲気が伝わるかなって心配しながら書いていました。空堀商店街とか有名でない場所が主要な舞台の一つですし、阪神タイガースの熱狂的なファンが出てくるというわけでもないですしね。大阪弁は、字にして読むと読みづらいので、セリフはなるべく短めにしました。「大阪弁は面白い」という刷込みはテレビなどの影響による、作られたイメージの部分が多いのではないでしょうか。茶子や大輔のパートはシリアスな展開も多かったですし、大阪弁を使うことで、逆に物悲しい雰囲気が出たなあと思います。最初は通天閣の一帯を、彼らの住む場所にしようかと考えたんですが、いざ書こうとしたときになって変更しました。今回は意識して、あまり誰も使わなかった大阪を選んで書いているんです。

Q：浜寺公園の駅とかもそうですね。

万城目：辰野金吾が設計してますが、本当に小さな駅です。だけど浜寺公園自体は昔は東洋一の大きな海水浴場だったんです。金持ちが軒並み別荘を建てていたそうですよ。今は砂浜自体がなくなっていますね。ある意味で「吉本」とは違う、もう一つの大阪です。

（万城目学インタビュー（文藝春秋「本の話ｗｅｂ」）より）

このように、作者・万城目学が故郷、大阪を描くとき、観光名所の有名なものを描く以外に、重要なモチーフとして使っているのが、近代建築である。大阪の各所に、近代建築の傑作が残っ

写真18　南海浜寺公園駅

ている、ということに注目し、事件の手がかりに使っている。

この浜寺公園駅駅舎（写真18）のほかにも、大阪市内には、数多くの貴重な近代建築が残っている。これらの近代建築は、それぞれに建築様式が違うのも面白い。しかし、残念ながら、どれも先行き、きちんと保存されるかどうかわからない扱いとなっている。大阪の特徴として、近代建築が多く残っているのを、観光にもうまく活用すればいいのに、と筆者は個人的に思う。

近代建築の宝庫であるという大阪の意外な特徴を、万城目学は、うまく小説にとりいれている。

ところで、大阪の町を描いた小説は他にも多数あるなかで、筆者が特に『プリンセス・トヨトミ』を「沿線文学」講座の題材に選んだのには、わけがある。他にも大阪を描いた作品はあるが、それらはほとんど、大阪の町の特定の名所にポイントを絞って描かれているのだ。ところが、この作品は、外部から来た主人公たちが、大阪の名所をぐるぐる回ってくれる。だからこそ、沿線文学、あるいは観光文学の題材にふさわしいのだ。そういう小説は、実はあまりない。おそらく、人物たちのいかにも観光旅行的な移動ぶりが不自然にならないように、外部から調査にきた人間が主人公、という設定にしたのだろう。

大阪の住人であれば、通天閣に登るかというと、そうたびたびは登らない。用事もなくわざわざ大阪城に行くかどうか、それも疑問だ。道頓堀だって、そうだろう。大阪人である筆者も、実は有名な食い倒れのお店に入ったことがない。外部の人間の目で描いた大阪、というのが、この小説のポイントだと思うゆえんである。

その証拠に、小説の舞台として、大阪の町の成り立ちや利便性といったこととは無関係に、場所が選ばれている。大阪市のメインストリート・御堂筋は、北御堂と南御堂をむすんでできた道路である。つまり、大阪市には、キタとミナミという大きな中心点が二つあって、御堂筋はその二つを結ぶ大動脈だといえる。その地下を走る大阪市営地下鉄御堂筋線も、同じ役割を担っている。つまり、メインストリートである御堂筋の周辺に、大阪の見どころが散らばっているのだと考えられる。一方、ＪＲ環状線は、中心線の御堂筋の周囲を回る、いわば街の外枠のような役割を担っている。新たに「うめきた」という再開発地区が出来上がって、いまやキタは、名実共に大阪の中心街となりつつある。一方、ミナミは、もともと道頓堀の繁華街を中心に、周辺全体が巨大な歓楽街を形成していた。今は、中心となる場所を失って、ミナミの位置づけは変化しつつあるようにみえる。しかし、道頓堀には歌舞伎のメッカ・松竹座と、日本橋の文楽劇場が中心となった、芝居の町のイメージが、江戸時代から確固として引き継がれている。

ところで、少し話はそれるが、ミナミを代表するターミナル・難波駅周辺は、かつてバブル期に、難波から関空へと続く新たな大阪の中心線が構想されていた。当時は、関空が日本の新しい玄関口となるという壮大な夢が描かれていたのだ。大阪、関西全体も、かつての玄関口・大阪駅ではなく、関空から直接乗り付ける難波駅こそ、新たな大阪の玄関口になる、という都市構想があった。けれど、その後、関空が予定通りの収益を挙げられないまま、そのイメージは潰えてしまった。（写真19）

難波は、もともと、御堂筋を大阪駅のキタから下って来て、高島屋前につく終着点で、そこがミナミの中心だった。

だから、もし本当に、関空から難波へと、南側から関西に入ってくる導線が完成していたなら、大阪の町の位置関係も、大きく変わったかもしれない。今となっては、その構想の実現は難しいだろうけど。

さて、話を『プリンセス・トヨトミ』に戻そう。この小説が描く大阪のイメージは、観光名所

写真19　南海難波駅

から次の名所へ、ポイント間の移動が非常にやりやすい、点と点の集まりのような感じにみえる。そういう、元々の住民にはみえにくい、外部からみた大阪の姿が、小説に描かれている。これまでの、大阪の内部からの視線で描かれた小説の場合は、例えば『夫婦善哉』のように、ミナミならミナミ、天王寺なら天王寺、と、それぞれのポイント内部だけの物語になっていた。

日本人からみた大阪として、これが一目でわかる名所、というのは、やはり大阪城や通天閣だろう。だが、映画『ブラック・レイン』では、外国人からみた大阪の特徴として、近代建築や現代ビルを多く使っているのが興味深い。こういう外部からみた大阪の見どころを、リドリー・スコット監督は見逃さ

大阪の文学、大阪の映画

（映画館シネ・ヌーヴォ制作による『浪速の映画大特集』チラシより引用）

『夫婦善哉』

1955年／東宝／白黒／121分／スタンダード
監督：豊田四郎／原作：織田作之助／脚本：八住利雄／撮影：三浦光雄／音楽：團伊玖磨／美術：伊藤熹朔
出演：森繁久弥、淡島千景、司葉子、浪花千栄子、小堀誠、田中春男、山茶花究

▶大阪をこよなく愛した作家・織田作之助原作を文芸映画の名匠・豊田四郎が映画化した浪花映画の代表作。道楽者のぼんぼんと駆け落ちした芸者が意地を貫く愛情物語。本作で一躍名優となった森繁のダメ男ぶりが最高。巨匠・伊藤熹朔による見事な法善寺のセット！

『白い巨塔』

1966年／大映東京／白黒／150分／シネスコ
監督：山本薩夫／原作：山崎豊子／脚本：橋本忍／撮影：宗川信夫／音楽：池野成／美術：間野重雄
出演：田宮二郎、田村高広、東野英治郎、小沢栄太郎、滝沢修、小川真由美

▶浪速大学医学部の次期教授の座をめぐる争いをスーパーヘビー級の迫力で描く。医学界の腐敗にメスを入れた山崎豊子の同名小説を山本薩夫が映像化した力作。田宮二郎のクールな魅力で、日本中を魅了した大ヒット作。まさに、日本で一番面白い映画のひとつ。

『泥の河』

1981年／木村プロ／白黒／105分／スタンダード
監督：小栗康平／原作：宮本輝／脚本：重森孝子／撮影：安藤庄平／美術：内藤昭／音楽：毛利蔵人　出演：田村高廣、藤田弓子、朝原靖貴、加賀まりこ、柴田真生子、桜井稔、初音礼子、蟹江敬三

▶昭和31年、シネ・ヌーヴォ近くの安治川河口の安食堂とその対岸に係留する宿舟の子供たちのひと夏の出会いと別れを陰影深く描き、数々の映画賞を独占した傑作。宮本輝原作を映画化した小栗康平監督デビュー作で、加賀まりこの美しさ、燃えるカニに込めた思いなど、心に残る一編。

『ブラック・レイン』
監督：リドリー・スコット／出演：マイケル・ダグラス、アンディ・ガルシア、高倉健、松田優作／製作年 1989 年／製作国アメリカ／配給ユニヴァーサル映画＝ＵＩＰ映画
▷あらすじ
ニューヨークの刑事ニックは、白昼のレストランで日本人のヤクザの殺害現場に遭遇する。犯人の佐藤を逮捕し､日本へ護送するが､途中で逃亡されてしまう。ニックは日本にとどまり、佐藤を追っていく。
リドリー・スコット監督が独特の映像美で、大阪を舞台に描くハードボイルドな世界。特筆すべきは、狂気をはらんだ殺し屋の佐藤を演じる松田優作の鬼気迫る演技。惜しくもこの映画が遺作となってしまったが、リドリー・スコットに絶賛されたという彼の圧倒的な存在感は、忘れられない強烈な印象を残す。マイケル・ダグラス演じるニックは逮捕者の金を盗んだ過去があり、決してクリーンな刑事ではない。ニックとは対照的に規律を重んじる実直な日本人警部補を高倉健が演じ、対立しながらも良き相棒となっていく二人の友情も見どころである。
（星乃つづりによる Amazon レビューより）

なかったのだ。

5　小説における鉄道と町の描写の好例

もし、映画『プリンセス・トヨトミ』が、新しい大阪を代表する映画になっていたら、どうだったか？　きっと、大阪の新たな魅力が広く認識されるきっかけとなっただろう。

かように、子どもの時分から馴染みの深い大阪城、そして空掘商店街の二つを重点的に用い、作品を書き上げたわけだが、まあ、ずいぶん身近でまとめたものだ、と思わないでもない。しか

し、あの織田作之助だって、私の家と二百メートルと離れていない位置に実家があり、散々あのへんを使って小説を書いた。小説の筋をのせるのに適した土地柄なのだということで、そのへんはうやむやにしてしまおう。

（万城目学『プリンセス・トヨトミ』あとがきより）

大阪市内に路面電車が走っている事実はあまり知られていないが、この渡し船の存在はさらに、大阪市民にすらほとんど知られていないだろう。されど左右に煙をもくもくと吐き出す工場に囲まれた、あまりきれいではない木津川を、無愛想な職員の運転で横断する様は実に大阪的である。空掘商店街にしても然り。庶民的すぎるがゆえ知名度はまだまだ低いが、アーケード入り口に「はいからほり」とダジャレから始まるところから見ても、どうしたって大阪の商店街である。

いわゆる「コテコテの大阪」「テレビのなかの大阪」と日常の大阪は少しちがう。ステレオタイプなキーワードを用いず、あくまで日常レベルの大阪を積み重ねるだけで、ちゃんと読者に大阪の空気を伝えることは可能なのだろうか?

（万城目学『プリンセス・トヨトミ』あとがきより）

まとめると、万城目学の小説『プリンセス・トヨトミ』は、大阪の近代建築をモチーフにして、いわゆる「吉本的」な大阪ではなく、大阪城と豊臣家の物語と、今の大阪の生活をうまくミックスした、歴史ミステリー小説だといえる。この小説は、JR環状線と大阪市営地下鉄の沿線文学であり、また、大阪という町を主役にした都市小説でもある、といえよう。具体例として、小説『プリンセス・トヨトミ』から、以下のような部分を挙げておく。

前田の家は江坂という大阪北部の街にある。本町からは地下鉄御堂筋線で一本だ。

（中略）

ほどなく、漆黒に覆われた車窓の風景に、光が混じりはじめた。中津駅を過ぎたところで、電車が地下から地上に出たのである。そのまま電車は、新御堂筋に挟まれるように、淀川を横断する新淀川大橋にさしかかった。

不意に、うつむき加減の前田の視界に、赤い残像のようなものが射しこんだ。

（万城目学『プリンセス・トヨトミ』より）

豚まんの入った紙袋を手に、天王寺から阪堺電車に乗って、住吉までの帰路についた。雨の上がった歩道橋から見た通天閣は、依然、ひときわ澄んだ赤光を放っていた。

（万城目学『プリンセス・トヨトミ』より）

ビッグマンの前は、相変わらずの人だかりだった。大谷はもう一度、ビッグマンを横手から見上げた。

右上の「現在の大阪市内の様子　ＬＩＶＥ」という目立たぬ表示とは対照的に、画面中央には、真っ赤にライトアップされた大阪城がでかでかと映し出されていた。

（万城目学『プリンセス・トヨトミ』より）

以上の引用は、小説の中で、「大阪国」の秘密が明かされる場面の前ぶれである。大阪中から大阪城に集まってくる「大阪国」の男たちは、大阪市内のそれぞれの場所で、秘密の合図を目にするのだ。映画版では、その場面が大阪一の繁華街・道頓堀で描写されていて、大阪の外部の人間にも、大阪の街に異常事態が起きているというイメージが伝わりやすいといえる。

小説版では、その場所は、大阪市営地下鉄御堂筋線であったり、ＪＲ天王寺駅界隈であったり、また、阪急梅田駅前の大スクリーンであったりする。つまり、大阪の住人が、日常生活の中で、普通に立ち寄る繁華街や通勤路線を描くことで、大阪の日常生活が、突如、非日常的な突発事件に移行したことを、読者に印象づけているのだ。

この部分には、大阪城を中心とした大阪の町の成り立ちが、交通網という具体例で体現されていることがみてとれる。小説における鉄道と町の描写という観点からみて、非常に興味深い例だといえる。

第6章　阪堺電車　川端康成から村上春樹まで

1　川端康成と大阪

川端康成が、関西、それも大阪のゆかりの作家であることは、意外に忘れられているかもしれない。川端康成は、大阪府茨木市の生まれ育ちで、旧制茨木中学までを、この北摂の西国街道筋の田舎町で暮らしている。だから、川端康成を、阪急京都線や、ＪＲの沿線文学ととらえる読み方は、もちろん可能だ。（地図６）

ただ、残念ながら、川端康成は、小説の中にこの生まれ故郷を、多くは描いていない。むしろ、作品に多く描かれた京都などの方が、関西の川端康成ゆかりの土地としてよく知られているだろう。ところが、川端康成の文学を読むとき、外せない沿線がもうひとつ大阪にある。それ

地図６　茨木市

が、反橋四部作ゆかりの、住吉大社のある、阪堺電車の沿線である。

川端康成の小説『反橋』は、昭和二二年に発表された、「反橋・しぐれ・住吉」の三部作の一つで、ノーベル賞受賞記念講演「美しい日本の私」にまでつながる作品として、「川端文学上のふるさと」といわれている。

反橋は上るよりもおりる方がこわいものです。私は母に抱かれておりました。
（川端康成『反橋』より）

写真 20　住吉大社の反橋

阪堺電車・住吉鳥居前停留場

関西一の初詣客を誇る住吉大社は、航海の守り神として古くから信仰されてきました。四つの本宮は、「住吉造り」で国宝に指定され、また、石舞台･南門･楽所は国の重要文化財です。境内にある約七〇〇基の石燈籠は、北は北海道から南は九州まで各種の業界から奉納されています。この石燈籠には、江戸時代の南画家・池大雅や儒学者・頼山陽など名人の筆跡が刻まれています。　　　　　　　(阪堺電車ＨＰより引用)

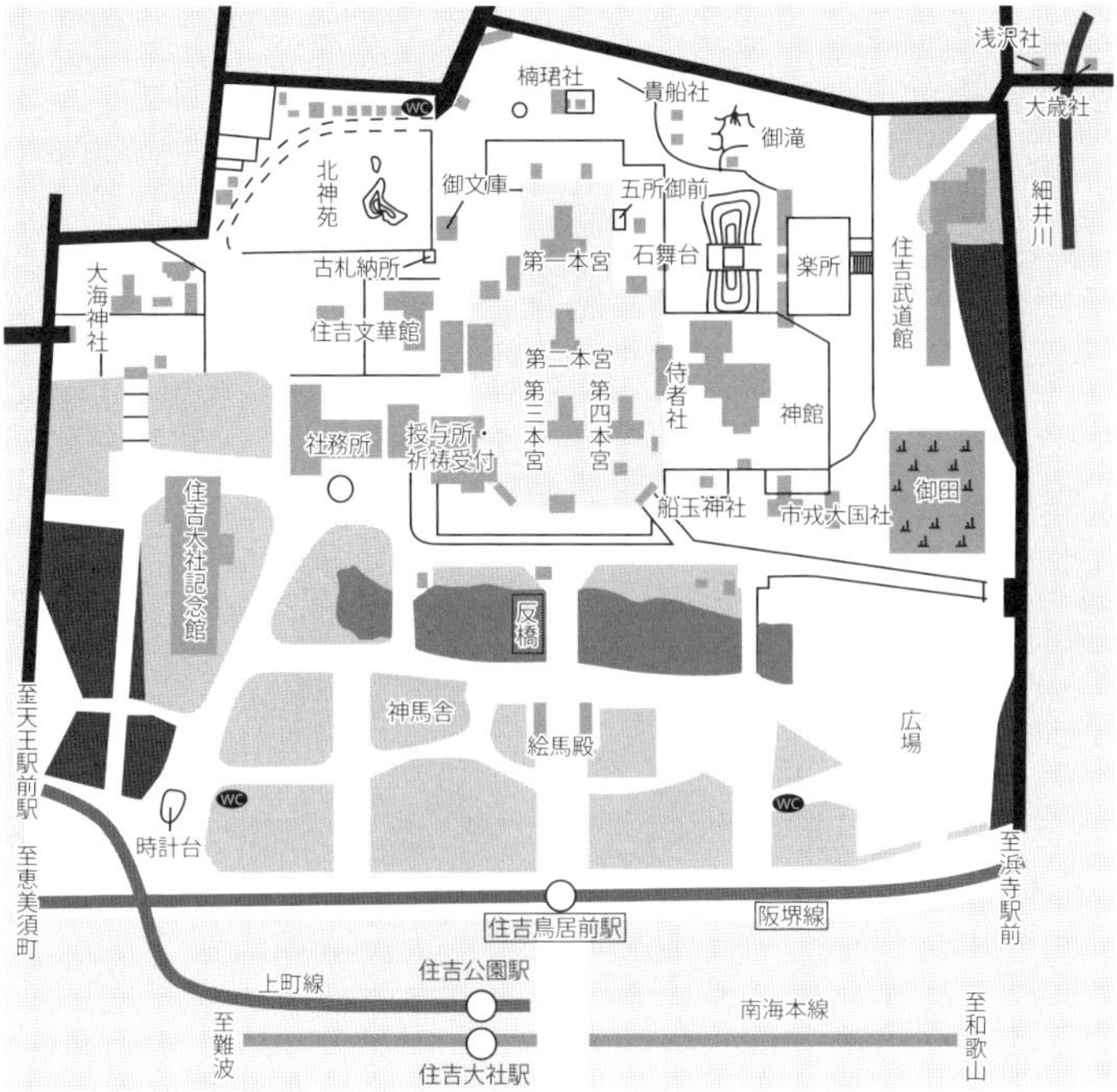

地図７　住吉大社

2　日本人初のノーベル文学賞作家・川端康成

さて、川端康成といえば、日本最初のノーベル文学賞作家、ということが、まず頭に浮かぶかもしれない。その一方で、村上春樹は、現在、ノーベル文学賞候補、といわれて久しい。もっとも、正確には間違いで、ノーベル文学賞には、候補というのは存在するが、厳重に秘密が保たれているため、候補者名は、あくまでも憶測なのだ。

過去、日本人でノーベル文学賞候補といわれていた作家たちは、まさに昭和文学の大家や、戦後文学を代表する作家たちだった。谷崎潤一郎、西脇順三郎、井上靖、三島由紀夫、安部公房、遠藤周作といった人々が、ノーベル文学賞を噂され、受賞しないままになった。

川端康成 ノーベル賞選考で新資料

日本人として初めてノーベル文学賞を受賞した、小説家の川端康成が、受賞七年前の一九六一年にすでにノーベル賞の候補に選ばれていたことが、当時の選考資料から明らかになりました。

（中略）

これは、NHKが行った、ノーベル賞の選考資料の情報公開請求に対して、文学賞を選考するスウェーデンの学術団体「スウェーデン・アカデミー」がこのほど、開示したものです。

一九六一年当時の選考資料には、この年のノーベル文学賞候補に、「伊豆の踊子」や「雪国」などの作品で知られる小説家の川端康成が含まれていました。

（中略）

ノーベル文学賞の受賞者を選ぶ過程は、極秘扱いで、選考資料は五〇年たたないと一切、公開されません。

こうしたなか、五〇年がたって、これまでに選考委員会が開示した資料によりますと、日本人では初めて、一九四七年と四八年に、社会運動家の賀川豊彦がノーベル文学賞の候補になっていたことが明らかになっています。

さらに、一九五八年と六〇年、それに六一年には、小説家の谷崎潤一郎と詩人の西脇順三郎も、それぞれノーベル文学賞の候補になっていました。

（NHKニュース二〇一二年九月四日）

以上の記事のような経緯で、過去の日本人のノーベル文学賞候補者の真相が明らかになりつつある。いずれにしても、これまでの受賞は、川端康成と大江健三郎のみであった。

一九六八年に川端康成は、《『伊豆の踊り子』『雪国』など、日本人の心情の本質を描いた、非常に繊細な表現による叙述の卓越さに対して》という理由で、受賞した。また、一九九四年に大江健三郎は、《『万延元年のフットボール』など、詩的な言語を用いて現実と神話の混交する世界を創造し、窮地にある現代人の姿を、見る者を当惑させるような絵図に描いた功績に対して》という理由で、受賞している。

大江氏が受賞した際の講演、「あいまいな日本の私」は、川端康成の同講演の題名「美しい日本の私」を意識して付けられたものとして、当時、物議をかもした。その講演で、大江氏は、以下のように、伝統的な日本文学に対して異議をとなえたのだった。

> このような現在を生き、このような過去にきざまれた辛い記憶を持つ人間として、私は川端と声をあわせて「美しい日本の私」ということはできません。
>
> （中略）
>
> それは私が自分について、「あいまいな日本の私」というほかにないと考えるからなのです。
>
> （大江健三郎『あいまいな日本の私』より）

3　川端康成と村上春樹の意外な共通点

ところで、川端康成といえば、京都や鎌倉のイメージが強い。しかし、生まれも育ちも、大阪なのである。大阪府大阪市北区此花町に生まれて、旧制茨木中学卒業まで、大阪府茨木市に住んでいたのだ。その川端康成について、同じくノーベル文学賞候補と噂されている村上春樹は、最近の講演でも、苦手な作家の一人に挙げているのが興味深い。ちなみに、村上春樹が挙げたもう一人の苦手作家は、三島由紀夫だった。

しかし、本当にそうなのだろうか？　あえて嫌いだと公言するというのは、逆に、近親憎悪的なものがあるのかもしれない。それというのも、川端康成と村上春樹はどっちも「双子フェチ」ではないか？　と考えられるふしがあるのだ。そもそも、川端康成と村上春樹といえば、一般には、全く正反対の作風だと考えられている。ところが、意外にも、この両者が同じイメージを小説に描いているとしたら、興味深いことではないだろうか？

村上春樹が好んで描いたモチーフの一つに、「双子」がある。『1973年のピンボール』で描かれた謎の双子の美女たちは、村上春樹の登場人物の中でも、特に印象的で、のちに、後日譚の短編も書かれたし、佐々木マキの絵による絵本にも登場しているぐらいだ。この双子は、体つきも、声も、全てがそっくりで、かろうじてTシャツのシリアルナンバーで区別されている。そのTシャツを交換すると、そっくり入れ代わってしまうぐらい、見分けがつかない。生理周期も一緒なら、セックスの反応も一緒、というのだから、完全なコピーというのもうなずける。

もちろん双子の姉妹を見分ける方法は幾つもあるのだろうが、残念なことに僕はただのひとつも知らなかった。顔も声も髪型も、何もかも同じ上に、ホクロもあざもないとなれば全くのお手上げだった。完璧なコピーだ。ある種の刺激に対する反応の具合も同じなら、食べるもの飲むもの、歌う唄、睡眠時間、生理期間までもが同じだった。

（村上春樹『1973年のピンボール』より）

ところが、このいかにも村上春樹的なクールでアバンギャルドな双子のモチーフは、そのはるか以前に、川端康成も描いたものだったのだ。それは、「あなたはどこにおいでなのでしょうか」という独白で有名な、『反橋』『しぐれ』『住吉』『隅田川』の連作に登場する、双子の娼婦だ。

女の方でもふたごを売りものにして、わざと髪型から着物までそっくり同じにしているのがからくりでありました。

（川端康成『しぐれ』より）

双生児の娘がいくらそっくりだとしても、二人ともにまじわりまで重ねてみれば、どこかに微妙なちがいはありましょう。たしかにあったはずと、後からは思ってみるようになりました。

（川端康成『隅田川』より）

川端康成の作品に描かれる女性、あるいは女体は、『片腕』や『眠れる美女』にもあるように、人体がそのまま記号的に扱われて、交換可能なイメージで描かれているものが多い。

もともと、新感覚派の旗手であった川端の作品には、二〇世紀初頭のモダニズムをリアルタイムで直輸入した斬新な作品が多数あった。

そのモダニズム感覚を、同じく戦後、日本に直輸入された欧米文化に浸って育った村上春樹が、本家取りのように作品に取り込んでいたとしても、なんら不思議ではない、といえよう。本人が口では嫌いだと公言していても、作品の中に、川端の影響がひそんでいる、ということは、大いにありそうなことである。

4　阪堺電車沿線ゆかりの作家・庄野潤三――川端と村上をつなぐ接点

更に付け加えると、村上春樹は、昭和の日本文学について、特に「第三の新人」の作家たちを愛読している、と述べている。一時期、アメリカの大学で、日本文学を講義したとき、「第三の新人」の作家たちを取り上げたのだという。その中に、上記の川端康成と同じく、大阪の阪堺電車沿線ゆかりの作家である庄野潤三がいる。

村上春樹は、アメリカの大学で日本文学を講義したときの講義録をまとめた『若い読者のための短編小説案内』の中で、庄野潤三『静物』を取り上げている。その中で、阪堺電車ゆかりの「プールサイド小景」を好きだと述べている。

阪堺電車・帝塚山三丁目停留場

庄野潤三「プールサイド小景」について
停留場付近は、閑静な高級住宅地「帝塚山」の中心部。庄野潤三「プールサイド小景」は、このあたりの高級住宅街が舞台とされ、作中のプールは帝塚山学院のプールといわれています。
（阪堺電車ＨＰより引用）

庄野潤三をはじめとする住吉・帝塚山ゆかりの文士たち
作家・庄野潤三は、帝塚山学院小学校、大阪府立住吉中学校を経て、1941年12月に大阪外国語学校（大阪外国語大学を経て現・大阪大学外国語学部）英語科を卒業。大阪府立今宮中学校（大阪府立今宮高等学校）の歴史教員となった。
庄野潤三の、住吉中学時代の国語教師が、詩人の伊東静雄である。
また、詩人・児童文学者の阪田寛夫とは、小中学生を通じて同級、その後朝日放送でも同僚となるなど、親交が深い。庄野潤三の父は帝塚山学院初代学院長の庄野貞一、兄は児童文学者・帝塚山学院長の庄野英二。弟の庄野至は織田作之助賞受賞者。
（筆者による解説文）

とくに「プールサイド小景」なんか僕は大好きです。読み終えて本を閉じても、そこに描かれていたいろんな情景が、ぱっぱっと、色つき温度つきで頭に浮かび上がってくる。そんななまめかしい気持ちにさせてくれる短編小説は、ほかにあまりないのです。

（中略）

とくに文章的解像力に優れている。「都会的」というか、変に斜に構えて文章をこねくりまわすところがない。
（村上春樹『若い読者のための短編小説案内』より）

このように、村上春樹が「都会的」と評した庄野潤三の初期の代表作『プールサイド小景』においては、阪堺電車沿線の、女子校のプールの情景と、通勤電車で帰宅途中のサラリーマンの姿が活写され、印象的な都会の風景を描いている。

この時、プールの向う側を、ゆるやかに迂回して走って来た電車が通過する。吊革につかまって立っているのは、みな勤めの帰りのサラリーマンたちだ。
彼等の眼には、校舎を出外れて不意にひらけた展望の中に、新しく出来たプールいっぱいに張った水の色と、コンクリートの上の女子選手たちの姿態が、飛び込む。
（庄野潤三『プールサイド小景』より）

村上春樹と庄野潤三、そして川端康成へ、と続く、モダニズム文学の系譜を、阪堺電車沿線のモダン都市の風景を通じて読み直す、というのは、面白い試みだと思う。というのも、村上春樹の『ノルウェイの森』で描かれた都電沿線の風景は、大阪の阪堺電車の車窓風景と、似通った部分がある。

日曜日の朝の都電には三人づれのおばあさんしか乗っていなかった。

（中略）

電車は家々の軒先すれすれのところを走っていた。ある家の物干しにはトマトの鉢植が十個もならび、その横で大きな黒猫がひなたぼっこをしていた。小さな子供が庭でしゃぼん玉をとばしているのも見えた。どこかからいしだあゆみの唄が聴こえた。カレーの匂いさえ漂っていた。電車はそんな親密な裏町を縫うようにするすると走っていった。

（村上春樹『ノルウェイの森』より）

どちらも路面電車だから、当然だともいえるが、東京の都電の沿線で、唯一いまも残っている『ノルウェイの森』の風景も、庄野潤三の描いた阪堺電車沿線も、共に、第二次大戦で空襲に焼け残った、貴重な昭和の下町風景なのだ。そういう懐かしい日本のモダンな風景を描いた小説の系譜の原点に、川端康成がいるのは、昭和初期のモダニズム作家としての川端を考えると、自明のことである。

昭和のモダン都市・西宮と芦屋で育った村上春樹は、川端康成や庄野潤三と共通する好みを持っていたのではないか、と考えられる。それは、村上春樹自身が講演で語ったように、川端康成を嫌いだと公言する好みとは裏腹に、本人も自覚していないところで、共通する感覚を持っているということがいえるのではないか。

特に、村上春樹が庄野潤三の文章について、「とくに文章的解像力に優れている。『都会的』というか、変に斜に構えて文章をこねくりまわすところがない。」と述べている特徴は、そのまま、川端康成の文体にも通じる特徴ではあるまいか。川端康成の文体は、特に初期のモダニズム作品において顕著だが、簡潔で、即物的な乾いた文体なのだ。

村上春樹と川端康成、この二人の作家が、共に関西のモダン都市の風景を小説に描いているのだ、ということを、阪堺電車に乗って車窓を眺めつつ、確かめてみるのは、まさに「沿線文学」の醍醐味だといえるのだ。

エピローグ「鉄道文学について」

鉄道と文学の歴史は、長い。鉄道は、物語の道具だてとして、それが開通して以来、古くから使われてきた。イギリスの小説をはじめとして、欧米の一九世紀末の小説の多くに、鉄道が小道具として、また主な舞台として登場している。そのなかには、文豪といわれる世界文学史上名高い作家たちの代表作も、多く含まれている。例えば、トルストイの『アンナ・カレーニナ』がある。


逆行する列車に気がつかないで、轢き殺されたのであった。

ヴロンスキィとオブロンスキィが帰ってくる前に、婦人達は侍僕頭からその詳細を知った。

オブロンスキィもヴロンスキィも二人ながら、目もあてられない死骸を見たのである。

（トルストイ著　米川正夫訳『アンナ・カレーニナ』より）

ドストエフスキーの『白痴』、あるいは、プルーストの『失われた時を求めて』も、その一つである。

鉄道文学の一つの典型は、寝台特急の旅だ。移動空間そのものを描く劇的な効果は絶大である。その代表例が、アガサ・クリスティの『オリエント急行殺人事件』だ。ミステリー小説の典型としての鉄道ミステリーは、アガサ・クリスティに始まるといってもいいだろう。日本でも、鉄道ミステリーは人気があり、西村京太郎の「十津川警部もの」をはじめとして、一つのジャンルを築いている。

アガサ・クリスティの鉄道ものは、なんといっても時刻表のトリックが秀逸だ。その代表例が、『パディントン発4時50分』である。列車の座席で偶然目をさました老婦人が、車窓から、並走する隣の列車の中で行われる殺人を目撃する、という奇想天外な小説だ。

錯覚で二台の汽車が止まっているかのように感じられたそのとき、ある車輛のブラインドがぱちんとはじけ上がった。ミセス・マギリカディはほんの数フィートしか離れていない、明かりのついた一等車の中に目をやった。はっと息をのみ、思わず腰を浮かせた。

窓際に、こちらに背を向けて、男が立っていた。その両手は向き合った女の喉にかかり、男はゆっくり、容赦なく、彼女の首を絞めていた。

（アガサ・クリスティー著　松下祥子訳『パディントン発4時50分』より）

もっとも、鉄道ミステリーは、「走る密室」というように、大きくは「密室」ミステリーの一分野であると考えられる。本格ミステリー小説のパターンの中に、しっかりと分類されているのだ。これらは、知的トリックを楽しむための小説であり、本来の「鉄道文学」とは分けて考えなければならないかもしれない。

「鉄道文学」とは、近代文明の象徴としての鉄道と、都市文化を描くところに、その本領があるといえよう。『アンナ・カレーニナ』に代表される一九世紀小説と、鉄道との親和性は、移動空間による都市生活の拡張、都市文化の周辺への拡大とともに、小説の舞台を地方へ、田園へと拡大させた。鉄道は、近代以降、二〇世紀中頃まで、先進国の人々の主な移動手段だった。

小説の中において、登場人物が鉄道で移動するのを描く場合、その移動は、物理的な距離の移動だけではなく、時空間の跳躍という哲学的意味合いを、あわせ持つことがある。例えば、村上春樹の『羊をめぐる冒険』の中では、列車の旅を通じて、物理的な移動とあわせて、時空間の跳躍が行われている。北海道で「僕」と「彼女」が電車で旅をする場面において、電車内で一眠りしたあと、目ざめると明らかに別の世界に移行しているのがわかる。

この村上春樹の手法は、ヒッチコックの映画『バルカン超特急』の有名な場面からヒントを得たと思われる。映画の場合、列車の座席で居眠りをして目ざめたヒロインは、前の座席に座っていたはずの友人が失踪していることに気づくのだ。

日本の近代小説も、漱石の『三四郎』のように、鉄道を小道具に用いて、効果を上げてきた。最近の鉄道小説の好例が、映画にもなった有川浩の小説『阪急電車』である。『阪急電車』は、なぜ今津線を舞台にしたのか？　それは、鉄道文学の典型の一つである、各駅停車の、それぞれの駅に、それぞれの物語、という形式を使ったからであろう。今津線には各駅停車しかなく、ローカル線の典型である。それでいて、それぞれの駅が、際立った個性を持っている。

起点の宝塚駅は、「宝塚」という名前だけで、もうすでに物語になる駅だ。さらに、阪神・淡路大震災の慰霊のモニュメントである武庫川の中洲の「生」の文字を、うまく物語に取り込んでいて、この沿線が、震災の被災地であったことを思い出させる。同じく、仁川駅も、歴史の古い町で、甲山ハイキングのもより駅でもあり、様々な物語が生まれそうな駅である。この駅も、震災の被災地でもある。小林駅、甲東園駅は学生の町で、青春物語にもってこいの場所だ。門戸厄神駅は、名前の通り、門戸厄神さんのもより駅で、近くに女子大もあり、これまた、物語の舞台になりそうな駅である。そして西宮北口駅には、神戸線と今津線の交差する駅として、人々の行

小説『阪急電車』について

兵庫県宝塚市の阪急宝塚駅から兵庫県西宮市の西宮北口駅を経て阪急今津駅までを結ぶ阪急今津線。阪急神戸本線との接続駅であり運転系統が分割される西宮北口駅から宝塚駅までは、所要わずか14分のミニ路線である。この作品はその宝塚―西宮北口間の8つの駅を舞台とし、その乗客が織り成す様々なエピソードを、一往復に当たる全16話で描写する。

映画『阪急電車　片道15分の奇跡』

『阪急電車 片道15分の奇跡』は、ローカル電車を舞台としたハートフル群像劇映画。監督は今作が劇場用映画デビューの三宅喜重。主演は『壬生義士伝』『約三十の嘘』『ゼロの焦点』などで好演した中谷美紀。　（ウィキペディアより）

き交う独特の雰囲気がある。かつてこの駅前には、西宮球場があり、井上靖の『闘牛』にも描かれた。またこの駅は、ライトノベル『涼宮ハルヒ』の聖地巡礼でも知られている。

これだけ、物語の道具立てのそろった沿線は、全国でも、そうはないだろう。

一方、本書の第一章で扱った阪急京都線には、そういう物語の生まれそうな雰囲気が少ない。ちなみに、京都線沿線でもっとも知られたエピソードは、おそらくグリコ森永事件であろう。殺伐とした沿線、ということがいえるかもしれないので、もしかしたら、ミステリー小説の舞台として、ふさわしいのかもしれない。

京都沿線でゆかりが深いのは、むしろ古典文学だ。上新庄駅の近くには、西行ゆかりの江口の君で名高い江口がある。大江山の鬼退治の茨木童子で有名な茨木市駅、キリシタン大名高山右近の城下だった高槻市駅には、在原業平ゆかりの芥川も近い。楠木正成の桜井駅の別れで名高い水無瀬駅、山崎合戦ゆかりの天王山が近い大山崎駅、など、枚挙にいとまがない。だから、京都沿線は、文学散歩の場所にはことかかない。

しかし、文学散歩と、物語が生まれる路線とは違う、ということなのだ。阪急宝塚線の場合は、ストーリーをたくさん生んだ路線であることがわかる。阪急宝塚線沿いのストーリーとしては、十三駅ゆかりの宮本輝『骸骨ビルの庭』、岡町駅ゆかりの三島由紀夫『愛の渇き』がある。また、池田駅ゆかりのなかにし礼の小説『てるてる坊主の照子さん』は、ＮＨＫの朝ドラ『てるてる家族』として有名になった。

阪急の三つの沿線を比べてみると、やはり神戸線の物語が一番多いだろう。沿線がバラエティに富み、物語にしやすいのだ。例えば、阪急神戸線といえば、谷崎潤一郎の小説の舞台として名高い。代表作の『細雪』は、なんと三回も映画化されているが、映画化三作のそれぞれの沿線描写の比較をすると、沿線風景の変化が感じられて興味深い。また、青春映画の傑作『シーズ・レイン』で描かれた、阪急神戸線夙川駅の、朝の学生の登校風景は、いかにも阪神間の学園都市ぶりを現していて、面白い。

そのほか、阪急神戸線を描いた小説を列挙する。武庫之荘駅は宮本輝『春の夢』で、西宮北口駅は谷川流『涼宮ハルヒの憂鬱』や、井上靖『闘牛』で、夙川駅は井上靖『猟銃』で、芦屋川駅は谷崎潤一郎『細雪』で、六甲駅は宮本輝『青が散る』。このように、多彩な小説で神戸線が描かれているのがわかる。

ところで、この阪急神戸線と、近鉄南大阪線とを比較すると、関西独特の土地のヒエラルキーが浮かび上がってきて、興味深いのである。中島らものエッセイを読むと、神戸線育ちのお坊ちゃんだった中島が、都落ちして近鉄南大阪線沿線の、大阪芸術大学に入学し、破天荒な青春をおくる様が描かれている。

阪急神戸線と、近鉄南大阪線は、それぞれ、阪急ブレーブスと近鉄バファローズのホームグラウンドがあった路線だ。その二チームは、いまはオリックス・バファローズとして合併し、一つのチームとなっている。ともにパ・リーグの野球チームを擁して優勝を競った二つの私鉄が、いまはどちらもチームを手放し、それぞれのチームは流転の挙句、合併した。それはちょうど、大阪、関西経済の凋落ぶりを象徴しているようにみえるのだ。

それぞれのチームのホームグラウンドだった球場のその後を比較しても、その感が強い。近鉄バファローズのホームグラウンド、藤井寺球場は、球場敷地のうち北側を四天王寺学園に売却し、敷地南側は丸紅の大規模マンションが建設された。一方の阪急ブレーブスのホームグラウンド、西宮球場（写真21）の跡地は、阪急西宮ガーデンズというショッピングモールとなっている。

大阪湾をはさんで向かい合っている近鉄南大阪線と、阪急神戸線だが、対比してみると、見事に好対照となっている。阪急神戸線の六甲山麓を中心としたハイソな雰囲気の沿線風景に対し

写真21　阪急西宮球場

て、近鉄南大阪線は、大阪平野から生駒、葛城、金剛山系を背景としたバラエティに富む沿線風景が特徴的だ。阪急神戸線が、阪神間から神戸にかけての学園都市沿線だとすれば、近鉄南大阪も、学園都市になろうとしている地域だといえる。

　偶然ながら、中島らもは、阪急神戸沿線（灘高）から近鉄南大阪線（大阪芸大）への都落ちをしている。ほぼ同じ時代に、村上春樹も、宮本輝も、阪神間のハイソな文化圏から、都落ちをしているのは、興味深い符合だ。村上春樹、宮本輝、中島らも、の三人は、阪神間の良家の子弟が、落ちこぼれて都落ちした結果、作家として才能を開花させたという三つの実例なのである。このように、沿線が生んだ作家、という視点で、小説を読み解くのも、面白いのではあるまいか。

あとがき

さて、「沿線文学」のしめくくりの前に、一つ、ご紹介したいインタビューがある。

「沿線文学」は、現在、日本の文化現象として非常に興味深い「聖地巡礼」というムーブメントと、密接な関係がある。

「聖地巡礼」とは、主にアニメ、サブカル作品のゆかりの舞台を探訪する、というものだが、「聖地巡礼」という行為が、いまの若い世代、特に一〇代のファンにも自然に広まりつつあるのは、日本のサブカル文化が、いまやメインカルチャーとなっている一つの証拠だといえる。そういうメインカルチャーとしての「サブカル」文化を担う若い才能の中心には、「アニソン歌手」という存在がある。これは、かつて、映画俳優が同時に歌手であったことや、かつてのアイドルが俳優と歌手を兼ねたことを考えれば、当然の流れだといえる。「声優」という職業で以前、捉えられていたイメージと、現在の人気声優のイメージは、全く異なるといってもいい。現在の声優は、同時にアニソンシンガーでもある場合が多く、人気の声優は、そのままタレントや、女優などへ活動の舞台を広げて行く。それも当然の流れであって、タレントというものは、若い世代が支持するから成り立つものだ。現在の若い世代に人気のジャンルが「サブカル」であれば、その作品の重要な部分を占める声優に人気が集まるのも、当然といえる。

こうして、人気の「サブカル」作品から、人気声優が生まれ、声優は同時にアニソンシンガーとしてタレント活動へ幅を広げて行く、という流れができている。若い世代の、声優志望の人は、どのようにデビューしていくのだろうか？　その典型例を、インタビューでご紹介したい。

インタビュー「アニソンシンガー・井上ひかり」（聞き手：土居豊）

Q：デビューのアニソングランプリに応募したのはお母さんだそうですけど？

ひかり：小さいころから一緒にアニメをみて育ったので。自分がオタクなのは両親ゆずりです。

Q：応募のきっかけは？　歌のレッスンを受けていたとか？

ひかり：歌はむしろ苦手で、子どものころ、家族でカラオケに行っても全然歌わない子でした。恥ずかしがって。歌が好きになったのは、中学生のころ、友だちとカラオケに行くようになってからでした。

Q：歌手と声優、どちらが好き？

ひかり：小さいころから憧れていたのは声優でした。アニメみて、憧れました。でも、アニソングランプリのとき、ライブのお客さんの反応にやみつきになりました。それ以来、人前で歌うのが好きです。思いが人に届くという感じが好き。

Q：声優の場合、役柄というのは、オファーではなく、オーディション？

ひかり：そうです。全てオーディションで、すごい上の人でもみんな受けてます。それに、関西に住んでいると、収録が東京なので、移動を考えるとなかなか選ばれにくい、という感じかも。

Q：やってみたい役柄は？

ひかり：願望でいうと、少年役ですね。向いているのは、活発な子だと思います。自分がそうなので。

Q：デビューのときのギャラは何に使いましたか？

ひかり：実際にはデビュー前の出演料なんですが、ゲーム機購入の一部にしました（笑）。というのも、デビュー作が元々ゲーム作品で、そのソフトをいただいたのだけど、それまで持ってたゲーム機ではできないやつだったので。

Q：今後の抱負は？

ひかり：歌や声優以外に、ネットラジオもやってみたいです。話すことが好きなので。自分の番組をやってみたいです。

Q：これまでの活動で、印象的だったエピソードは？

ひかり：アフレコを初めて体験したとき、これまでテレビで聴いていた声優さんの声が、横から聞こえてくる感動はすごかったです。また、レコーディングのときや、ライブのときなど、数えきれないぐらい感動がありました。

Q：出演作についてのエピソードなどは？

ひかり：収録を終わって、最終話を、小さなテレビを囲んで、出演者の方々とリアルタイムでみたことです。

以上のような話にみられるように、今の「サブカル」文化を担う若い才能というのは、幼いころからアニメを観て育ち、声優に憧れて、オーディションを受け、デビューしてくる、というのが一般的な流れになっているようだ。そのサブカル作品、アニメやマンガ、ライトノベルの作品舞台を、ファンが探訪し、地元の町おこしに一役買ったりもしている。さらに、人気のあるアニメやマンガの場合、海外からも熱心なファンが、聖地巡礼に日本を訪れることも増えてきた。

このような動きは、元々、文学の世界で、熱心な読者が作品の舞台や作者の故郷を訪ねる行為と、同じ現象だといえる。

文学での「聖地巡礼」で最も有名な例は、シャーロック・ホームズゆかりのロンドンのベーカー街を訪ねるシャーロキアンたちだろう。また、『赤毛のアン』の愛読者が多い日本から、「アン」の舞台、カナダのプリンスエドワード島へのツアーがあり、熱心な「アン」ファンがはるばると訪れている。これらの、世界的な人気小説が持つ「聖地巡礼」者は、まさしく「巡礼」と呼ぶべき行為を、海を越えて行っているのだ。

かくいう筆者も、個人的な話で恐縮だが、幼少の頃からの愛読書の舞台に、「聖地巡礼」した体験がある。イギリスの児童文学作家、アーサー・ランサムの一二冊の冒険小説『ツバメ号とアマゾン号』シリーズの舞台である、イギリス湖水地方にわざわざ旅行したことがあるのだ。このときは「聖地巡礼」のためだけに旅行したので、かなりの出費と、スケジュール上の無理を押して出かけた。一生のうち、そう何度も行けるものではない。そういうところも、「聖地巡礼」と呼ぶにふさわしい旅行だといえるだろう。

一方、本書で取り上げたような「鉄道文学」「沿線文学」の作品舞台は、日本国内であれば、比較的手軽に訪れることができる。「沿線文学」という捉え方で小説を解読することは、読者に作品舞台への旅を促すという、新たな小説の楽しみ方を提示できるのではないだろうか。むろん、前世紀からすでに、鉄道愛好家たちは、全国ローカル線の旅などを楽しんでいる。そのバリエーションとして、全国「沿線文学」散歩、というような小説の楽しみ方が、できると思うのだ。これなら、アニメやマンガの「聖地巡礼」と同じように、町おこしとまではいかなくても、その土地の沿線の魅力を再発見する、いいきっかけになるのではなかろうか。「書を捨てよ、旅に出よう」ではなく、「本を持って旅に出よう」という、読書の楽しみ方を、ぜひ味わってほしい。

さて、本書の元となった講座では、受講者の方々から多くの質問を受けた。しめくくりに、それらへの回答を、以下に、まとめてみたい。

（1）「沿線文学」とは何か？

「沿線文学」というのは、聞き慣れない名称だと思うし、これまで、そういうくくりで文学を論じた例は少ないだろう。私自身、「沿線文学」という切り口で読むのは初めてだった。しかし、この試みは、更なる発展が可能だと考える。

（2）大阪を舞台にした小説はどんなものがあるか？

大阪の町を描いた文学作品への興味は、やはり地元での講義だけあって、大きいようだ。大阪の町は歴史的、文化的な蓄積が多く、どの町にもそれなりのドラマがある。

大阪市だけでも、区域によって全く個性が異なる。もっと掘り起こせば、更なる豊かな文学的財産が発見できるだろう。

（3）『プリンセス・トヨトミ』の映画を観た方から、作品のリアリティが感じられない、という意見があった。

筆者は、映画版『プリンセス・トヨトミ』よりも、小説版の方が、巧みにリアリティを構築していると思う。この作品は、小説だからこそ成り立つ面白さ、があると考えるのだ。『鴨川ホルモー』にしても、『偉大なる、しゅららぼん』にしても、万城目学は、タイトルそのものを謎にして、謎解きの面白さで読ませるのが真骨頂だといえる。

（4）「沿線文学」に似たような他の文学ジャンルはあるだろうか？　という質問もあった。

鉄道文学のほか、よく読まれそうなものは、「海洋文学」「山岳文学」「釣り文学」「囲碁将棋文学」など、そのジャンルの趣味人口が多い場合だと思う。

また、鉄道文学というのは、意外に作品が多いので、沿線散歩をやってみると、読書の楽しみが広がるだろう。

ちなみに、これまでに筆者が実施した文学散歩の例を巻末にご紹介しておく。「沿線文学の旅」のご参考にしていただけたら光栄である。

参考資料

1　講座概要

はびきの市民大学二〇一二年前期講座「沿線文学を読む～この路線に、このストーリー」

担当：作家・文芸レクチャラー　土居豊

第七回、第一〇－一二回は、河内厚郎学長講義。

講座内容

関西の近代化には、大阪を拠点とする鉄道、ことに私鉄が大きな役割を果たしました。各沿線には独自の市民文化が醸成され、それを反映した文芸も生まれ育ちました。沿線ゆかりの作家たちを比較文学的に読みながら、文学と風土の関わりを考えます。

（一）二〇一一年五月六日　「阪急京都線～宮本輝『青が散る』」

（二）二〇一一年五月一三日　「阪急宝塚線～三島由紀夫『愛の乾き』」

（三）二〇一一年五月二〇日　「阪急神戸線～谷川流『涼宮ハルヒの憂鬱』」

（四）二〇一一年五月二七日　「近鉄南大阪線～中島らも『お父さんのバックドロップ』など」

（五）二〇一一年六月三日　「近鉄大阪線～東野圭吾『白夜行』」

（六）二〇一一年六月一〇日　「京阪電車～江戸川乱歩『D坂の殺人事件』」

（八）二〇一一年六月二四日　「泉北高速〜西加奈子『あおい』『さくら』など」
（九）二〇一一年七月一日　「環状線〜万城目学『プリンセス・トヨトミ』」

はびきの市民大学「文学散歩〜阪堺電車沿線を歩く」
大阪の私鉄沿線には、独自の市民文化と文芸が生まれ育ちました。今回は文学散歩を通じて、沿線ゆかりの文学と風土の関わりを味わいましょう。大阪に残る稀少な路面電車である阪堺電車に乗って、天王寺から浜寺公園まで、文学の小旅行が楽しめます。伊東静雄、藤澤桓夫、庄野潤三、庄野英二、阪田寛夫、そして与謝野晶子。沿線ゆかりの文人たちの軌跡をたどりましょう。
日時：二〇一二年九月一五日（土）午前九時〜一二時
講師：河内厚郎（はびきの市民大学学長）、土居豊（作家／文芸レクチャラー）

2　講座レジュメより

はびきの市民大学平成二四年度前期講座『沿線文学を読む〜この路線に、このストーリー』レジュメ

第一回 五月六日 阪急京都線〜宮本輝『青が散る』
◎シラバスより
「茨木市の丘陵地に開設された追手門大学。その一期生だった宮本輝の小説『青が散る』に描かれた、テニス三昧の大学生活は、作者自身の体験を元にしています。

六〇年代末、大阪の高校生だった宮本輝は、新設の追手門学院大学一期生としてテニス三昧の青春を過ごしました。その体験から生まれた青春小説『青が散る』を中心に、阪急京都線と沿線の文学を語ります。

第三回 五月二〇日「阪急神戸線〜谷川流『涼宮ハルヒの憂鬱』」
◎シラバスより
若者に大人気のライトノベル『涼宮ハルヒ』シリーズには、阪急神戸線と大阪駅前を舞台に描いた場面があります。見慣れた街の風景が、SF的な場面の中で非日常的風景に変わる読書の醍醐味を語ります。
世界的な人気を誇るアニメ/ライトノベルの代表作は、阪急神戸線の沿線が舞台になっています。ここでは、大阪のキタを舞台に描かれたエピソードについて考察します。

第五回 六月三日「近鉄大阪線〜東野圭吾『白夜行』」
◎シラバスより
東野圭吾は大阪市生野区生まれで、名作ミステリー『白夜行』には、自身の子ども時代の体験が取り入れられています。数々のドラマや映画になっている東野ミステリーと、大阪のつながりを論じます。
大阪出身の作家の中で人気ナンバーワンの東野圭吾は、近鉄大阪線沿線の風景を生かして、ミステリーの金字塔『白夜行』を描きました。大阪の下町の風景から生まれたミステリーの味わいを楽しみましょう。

第九回 七月一日「環状線〜万城目学『プリンセス・トヨトミ』」

◎シラバスより
謎のプリンセス・トヨトミは、ＪＲ環状線の大阪城公園駅にいた？ 奇想天外なアイディアで、大阪の魅力をあますところなく描く万城目学の小説を、環状線沿線の風景とともに味わいましょう。

昨年映画化されてヒットしたこの作品は、豊臣家滅亡の謎と現代の大阪をリンクさせた快作です。大阪観光案内としても使えるほど、大阪の名所が作品の随所に描かれています。


はびきの市民大学「文学散歩～阪堺電車沿線を歩く」資料 阪堺電車主要停留場について

1 松虫停留場

地名の由来にもなっている松虫塚から、西に向かってレンガ敷きの「歴史の散歩道」がつづいています。阪堺線聖天坂停留場を越えて、向かい側の旧住吉街道まで、静かな住宅地の中に点々と残る、昔の大阪の風情をたどることができます。

(1) 伊東静雄の詩碑について

伊東静雄が青春時代の一時期、この近くの共立通や阪南町に下宿したことがあり、聖天山付近は好んで散策したゆかりの地ということで、大阪市が昭和五九年に文学碑を建立しました。

「百千の」

伊東静雄

百千の草葉もみぢし
野の勁き琴は 鳴り出づ
哀しみの
熟れゆくさまは
酸き木の実
甘くかもされて 照るに似たらん
われ秋の太陽に謝す

なお、阿倍野区にはもう一つ彼の詩碑が、かつて教鞭をとっていた住吉高校の校庭に設けられています。

※伊東静雄は、長崎諫早に生まれ、京都帝国大学文学部国文科を昭和四年に卒業後、住吉中学校（現住吉高等学校）に就職し、生涯教職を離れなかった。昭和七年、同人誌『呂』を創刊したが、やがて『呂』を離れて、同人誌『コギト』に専念することとなった。昭和一〇年、最初の詩集「わがひとに与ふる哀歌」を刊行し、萩原朔太郎に激賞され、一躍詩人としての名を高めた。

(2)「サッちゃん」について

一九五九年、NHKラジオ「うたのおばさん」放送開始一〇周年記念リサイタルにて、新曲として発表された「サッちゃん」の歌について、「近所に住んでいた少女サッちゃんのことを歌っている」と、作詞の阪田寛夫は語っています。

一説では、このサッちゃんのモデルとなった少女は、阿川佐和子であるとされています。

二〇〇六年、阪田の通った大阪市阿倍野区の南大阪幼稚園に、この歌の碑が建立され、阪田の次女大浦みずき（元タカラジェンヌ）が建立イベントに立ち会いました。

2　住吉公園停留場

住吉公園は大阪府最古の公園で、日本庭園や心字池などがあり、春には夜桜見物でにぎわいます。汐掛道の左には、松尾芭蕉の句碑があります。

また、公園西側の高燈籠は、鎌倉末期建築の日本最古の燈台を再建したものです。

※松尾芭蕉の句碑について

「升買て　分別かはる　月見かな」

元禄七年（一六九四）九月来坂した芭蕉は、住吉大社の宝の市神事へ参拝し、参道で売られた升を買った。折から体調が悪かった芭蕉はその夜、招かれていた月見の句会には出席せず宿へ帰った。その翌日の句席で「升買て」の句を詠み、「自分もついつい一合升を買ってしまった。すると気分が変わって月見より宿に帰って早く寝た方が良いような気がした」と、洒落っ気を利かして、前日の非礼を詫びたという。

その後、芭蕉は大坂の花屋仁右衛門方離れ座敷に病臥、一〇月一二日夕方、五一歳の生涯を閉じた。この宝の市を詠んだ句は、住吉公園東入り口に、明治元年（一八六四）芭蕉一七〇回忌に大阪の俳句結社・浪花月花社が建てたもの。

3　神明町停留場

（1）西本願寺堺別院は「北の御坊」とよばれ、明治四年から一〇年間、堺県庁が置かれていたことでも知られています。堺に生まれた明治の歌人与謝野晶子はここに何度も立ち寄ったといわれ、境内の本堂前に歌碑がたてられています。

※西本願寺堺別院の与謝野晶子歌碑
『劫初より作りいとなむ殿堂にわれも黄金の釘ひとつ打つ』

（2）また、北側の覚応寺では、当時の若き住職河野鉄南が晶子を文学に導いたということから、毎月五月二九日（晶子の命日）に白桜忌が催されます。

※覚応寺の与謝野晶子歌碑
『その子はたちくしにながるるくろかみのおごりの春のうつくしきかな』

4　宿院停留場

停留場から西南へ約一〇〇メートル行くと、茶道を大成させた千利休屋敷跡の石碑が立っています。停留場の西北には、与謝野晶子生家跡にちなんだ歌碑があります。

※与謝野晶子生家跡の歌碑
『海こひし潮の遠鳴りかぞへつつ少女となりし父母の家』

（1）与謝野晶子歌碑について

昔は園内に数件の料亭が営まれていたこともあり、堺市出身の与謝野晶子が与謝野鉄幹と親しくなった歌会が行なわれました。現在は晶子の歌碑があります。

※浜寺公園内の与謝野晶子歌碑

『ふるさとの和泉の山をきはやかに浮けし海より朝風ぞ吹く

5　浜寺公園

この地は、万葉集にも歌われた白砂青松の地でした。明治になってこの松を切って売却しようという動きがあるのを大久保利通が知って驚き、当時の堺県令を動かして伐採を中止させたといわれます。このときの利通の嘆きを歌に託した惜松碑が残っています。

「おとにきく　高師の浜の松が枝も　世のあだ波はのがれざりけり」

大久保利通の奔走によって救われた松林は、明治初期に開設された浜寺公園内に一二〇年以上経つ今も、見事な枝ぶりを見せています。園内には、プール・ばら園・交通遊園などもあって、府民の憩いの場となっています。

ここは、日本最古の公立公園として開園後、堺市北部の大浜公園と並ぶ一大レジャースポットでした。また、停留場からすぐの南海電鉄浜寺公園駅舎は、明治の代表的な建築家辰野金吾の設計で、明治四〇年に建てられた本格的な洋風デザインの建築物です。

3　参考資料「文学散歩の実践例」

（1）「涼宮ハルヒと西宮北口周辺の聖地巡礼」

二〇一二年一〇月二七日西宮文学案内秋期講座第二回「谷川流『涼宮ハルヒ』を生んだ西宮の風景」講演のあと、講演参加者有志で西宮北口駅周辺のハルヒ聖地を文学散歩し、最後は珈琲屋ドリームまで行った。

（2）「村上春樹ゆかりの夙川オアシスロード」

二〇一二年六月九日、市立中央図書館（川添町）

西宮文学案内春期講座第二回講演「夙川オアシスロード〜作家たちが愛した文学の道」講演終了後、有志二〇数名で、夙川沿いを河口まで散歩した。村上春樹ゆかりの、あしはら橋や夙川河口の西宮回生病院など、ハルキワールドの原風景を楽しんだ。

（3）文学散歩「平家ゆかりの神戸を歩こう」

はびきの市民大学現地講座「文学散歩・平家ゆかりの神戸を歩こう」

二〇一一年一一月一九日実施

清盛の築いた福原京の名残を訪ねるとともに、平敦盛ゆかりの須磨寺で平家没落の運命に思いをはせる。

JR兵庫駅改札集合。

見学場所　能福寺（兵庫大仏・平清盛廟・ジョセフヒコ英文碑）。
真光寺（一遍上人廟）。
清盛塚・琵琶塚。

新川運河・築島寺・高田屋嘉兵衛旧居跡。
神戸市営地下鉄「中央市場前」駅解散。

（4）文学散歩「大阪城天守閣（東海道ゆかりの司馬文学）」

はびきの市民大学現地講座「司馬遼太郎と歴史街道をゆく」
二〇一一年一一月一三日実施

今回は文学散歩として、大阪城天守閣を見学し、豊臣家ゆかりの大阪城下を散策しましょう。東海道ゆかりの司馬文学、というサブタイトルをつけましたが、これは戦国期における天下統一の象徴としての大阪城、そして幕末、江戸幕府に対する倒幕派のよりどころとしての大阪城を考える試みです。豊臣家の権力を文字通り体現した海内一の巨城は、秀吉の死後、権力簒奪を狙う徳川家に対し、東海道からの侵攻に備えて諸将の軍勢の策源地となりました。また、幕末、倒幕派は鳥羽伏見の戦いで大阪城を奪い、そこを足がかりに東海道を進撃して江戸幕府を倒しました。戦国以来、数々の戦乱を見続けてきた大阪城を、実際に見学し、歴史の現場を体感しましょう。

見学場所　大阪城天守閣
豊国神社
第四師団司令部跡
大阪砲兵工廠（大阪陸軍造兵廠）
※その他の見どころ

秀頼・淀君自刃の地

刻印石

石山本願寺推定地

など

参考文献（映像作品含む）

プロローグ
アガサ・クリスティ（著）蕗沢忠枝（翻訳）『オリエント急行の殺人』（新潮文庫）
夏目漱石『坊っちゃん』（新潮文庫）
同『三四郎』（新潮文庫）
同『それから』（新潮文庫）
志賀直哉『暗夜行路』（新潮文庫）

1章
宮本輝『青が散る』（文春文庫）
映画『阪急電車』
宮本輝『流転の海』（新潮文庫）
同『骸骨ビルの庭』（講談社）
同『春の夢』（文春文庫）
TVドラマ『青が散る』
宮本輝『二十歳の火影』（文春文庫）
村上春樹『ノルウェイの森』（講談社文庫）

2章
村上春樹『風の歌を聴け』（講談社文庫）

同『羊をめぐる冒険』（講談社文庫）
同『海辺のカフカ』（新潮社）

3章

谷川流『涼宮ハルヒの憂鬱』（角川スニーカー文庫）
アニメ『涼宮ハルヒの憂鬱』

4章

東野圭吾『白夜行』（集英社文庫）
映画『白夜行』
ドラマ『白夜行』
東野圭吾『秘密』（文春文庫）
小林哲夫著『高校紛争 1969―1970「闘争」の歴史と証言』（中公新書）
東野圭吾『あの頃ぼくらはアホでした』（集英社文庫）

5章

万城目学『プリンセス・トヨトミ』（文春文庫）
映画『プリンセス・トヨトミ』
織田作之助『夫婦善哉』（新潮文庫）
映画『ブラック・レイン』

6章

川端康成『反橋・しぐれ・たまゆら』（講談社文芸文庫）

大江健三郎『あいまいな日本の私』（岩波新書）
村上春樹『１９７３年のピンボール』（講談社文庫）

エピローグ

トルストイ（著）木村浩（翻訳）『アンナ・カレーニナ〈上〉』（新潮文庫）
アガサ・クリスティー（著）松下祥子（翻訳）『パディントン発４時50分』（ハヤカワ文庫）
映画『バルカン超特急』
有川浩『阪急電車』（幻冬舎文庫）
井上靖『猟銃・闘牛』（新潮文庫）
三島由紀夫『愛の渇き』（新潮文庫）
なかにし礼『てるてる坊主の照子さん』（新潮文庫）
谷崎潤一郎『細雪』（中公文庫）
映画『シーズ・レイン』

執筆者略歴

土居　豊（どい ゆたか）
作家・文芸ソムリエ

1967年大阪生まれ。大阪芸術大学卒。

2000年、村上春樹論の連載で関西文学選奨奨励賞受賞。

同年、評論『村上春樹を歩く』（浦澄彬名義／彩流社）刊行。文芸評論家・河内厚郎氏に絶賛される。

2005年、音楽小説『トリオ・ソナタ』（図書新聞）で小説家としてもデビュー。作家の故・小川国夫氏の激賞をうけ、文芸評論家・川本三郎氏に書評で絶賛される。

2009年11月、評論『村上春樹を読むヒント』（KKロングセラーズ）刊行。

同年、評論『坂の上の雲を読み解く!～これで全部わかる、秋山兄弟と正岡子規』（講談社）刊行。

2010年6月、評論『村上春樹のエロス』（KKロングセラーズ）刊行。

2011年2月、第2回ブクログ大賞にノミネート。

2012年4月、評論『ハルキとハルヒ　村上春樹と涼宮ハルヒを解読する』（大学教育出版）刊行。作家・筒井康隆氏に絶賛される。

同年、AmazonのKindleストア日本上陸に合わせて、小説を電子書籍版で多数刊行。

2013年5月、デビュー小説を大幅改稿した新バージョン『トリオソナタ』を、Kindle版と同じく、AmazonPOD版でグッドタイム出版から刊行。

2013年7月、前年末Kindle版で刊行した伝奇ロマン『かぶろ　平家物語外伝1』をAmazonPOD版でグッドタイム出版から刊行。

村上春樹論や司馬遼太郎論、「涼宮ハルヒ」論、文章力セミナー、電子書籍講座等、文芸ソムリエとしての講義の他、関西主要大学での特別講義も行っている。（大阪大学、関西学院大学、神戸夙川学院大学、園田学園女子大学、芦屋大学等）
現・はびきの市民大学講師／西宮文学案内講座担当講師／大東市アクロスサークル担当講師／東京ライターズバンクSFG会員／ブザン教育協会認定マインドマップ学習コーチ

沿線文学の聖地巡礼
川端康成から涼宮ハルヒまで

2013年10月25日 初版第一刷発行

著　者　土居　豊

発行者　田中きく代
発行所　関西学院大学出版会
所在地　〒662-0891
　　　　兵庫県西宮市上ケ原一番町1-155
電　話　0798-53-7002

印　刷　協和印刷株式会社

Printed in Japan by Kwansei Gakuin University Press
ISBN 978-4-86283-150-7